www.ingramcontent.com/pod-product-compliance
Lightning Source LLC
LaVergne TN
LVHW010102061026
849532LV00008BA/2931
* 9 7 8 9 3 6 9 0 8 6 5 1 1 *

ہرجائی

(افسانے)

قاضی عبدالغفار

Harjaai *(Short Stories)*

by: Qazi Abdul Ghaffar

Edition: December '2025

Publisher :

Taemeer Publications LLC (Michigan, USA / Hyderabad, India)

ISBN 978-93-6908-651-1

کتاب	:	**ہرجائی** (افسانے)
مصنف	:	**قاضی عبدالغفار**
صنف	:	فکشن
ناشر	:	تعمیر پبلی کیشنز (حیدرآباد، انڈیا)
سالِ اشاعت	:	۲۰۲۵ء
صفحات	:	۷۴
سرورق ڈیزائن	:	تعمیر ویب ڈیزائن

فہرست

(۱)	ڈپٹی صاحب کا کتا	6
(۲)	کباڑ کی کوٹھڑی	12
(۳)	سراغ رساں	24
(۴)	دیوتاؤں کا صدقہ	38
(۵)	تین پیسے کی چھوکری	43
(۶)	وہ میرا انتظار کر رہی ہے	59
(۷)	ہرجائی	65

ا

ڈپٹی صاحب کا کتا

داروغہ جی محلہ کی سڑک پر خراماں تشریف لے جارہے ہیں۔ ان کے ہاتھ میں ایک چھوٹا سا بید کا ٹکرا ہے، جس کی دم میں چمڑے کے کٹے ہوئے چھوٹے چھوٹے ٹکڑے لگے ہوئے ہیں۔ وہ اس کو اس طرح ہلاتے اور گھماتے چلے جاتے ہیں کہ چمڑے کے ٹکڑوں کا ایک پھول ہوا میں بن جاتا ہے۔ سیاہ فام چہرہ پر گھنی مونچھوں سے ڈھکے ہوئے موٹے موٹے ہونٹ ہیں۔ جس کی گرفت میں ایک سلگتا ہوا سگریٹ ہے۔ اپنی چھوٹی چھوٹی آنکھوں سے وہ ہر طرف دیکھتے جاتے ہیں۔۔۔ گویا محلہ کے ہر در و دیوار پر اور ہر دروازے میں دو نہیں ایک چھپا ہوا چور نظر آنے والا ہے۔

سڑک پر کھیلتے ہوئے بچے داروغہ جی کو دیکھ دیکھ کر اپنے گھروں کے دروازوں کی طرف بھاگنے لگے!

محلہ کی پنہیاریوں نے راستہ چھوڑ کر اپنے گھونگھٹ لمبے کر لیے!۔۔۔ اس طرح داروغہ جی محلہ میں شام کا پہرا لگا رہے ہیں!!

"کیں بے، دیکھتا نہیں، سالے۔"

بھنگی نے جھاڑو چھوڑ کر دونوں ہاتھوں سے سلام کیا۔ داروغہ جی نے جیب سے رومال نکال کر اپنی ناک کو لگایا۔ تاکہ سڑک پر بھنگی کی جھاڑو سے جو خاک اڑ رہی تھی۔ وہ ان کی سریع الحس ناک میں داخل نہ ہونے پائے۔

"خاں صاحب! ہم دیکھتے ہیں تمہارے ہاں اب تاش بہت کھیلا جاتا ہے۔" خان صاحب معہ اپنے احباب کے گھبرا کر چارپائی سے اٹھ کھڑے ہوئے:

"آیئے داروغہ جی! آیئے، حقہ تو پیتے جایئے۔"

"کیوں جی! گیہوں کا بھاؤ پھر تم نے بڑھا دیا۔" بنیا دوکان سے اتر کر سڑک پر آگیا۔

"نہیں تو ہجور!" اس نے گڑگڑا کر کہا۔ "بھلا سرکاروں کے لیے بھاؤ تاؤ کیا۔"

"ادھر آ بے۔" داروغہ جی نے ایک لونڈے کو گائیں ہکائے لیے جارہا تھا، بلایا۔ "دیکھ! تیرے گھر تازہ مکھن ہو تو اپنی ماں سے کہنا ایک پاؤ بھر تھانہ میں پہنچا دے۔"

داروغہ جی اپنے چمڑے کا ٹکڑا گھماتے ہوئے چلے جارہے ہیں۔ نان بائی کی دوکان کے سامنے ایک کتا بیٹھا ہوا تھا۔ کیا جانے کیا سمجھ کر وہ بھونکنے لگا۔

"کیوں بے!" داروغہ جی کتے سے مخاطب ہوئے۔ "بہت دانت نکالتا ہے۔" ایک چابک لگا کر:

"اور لے گا؟" محلہ والوں کی طرف مخاطب ہو کر۔ "کیوں جی۔ تم لوگ ان کٹکھنے کتوں کو مارتے بھی نہیں۔ عجیب لوگ ہیں اس محلے کے۔ کیوں جی! معلوم ہے قانون کیا کہتا ہے؟ قانون کہتا ہے کہ کاٹنے والے کتے کو فوراً مار دیا جائے۔۔۔ مارنا تو ذرا دولاتیں اس مردود کے! بھونکے جاتا ہے! بھونکے جاتا ہے۔"

دو ایک آدمی دوڑ پڑے۔ کتے کا پٹا پکڑ کر اس کو دھپانا شروع کیا۔ کتا ٹیاؤں ٹیاؤں کر رہا ہے۔ داروغہ جی نے اپنا چمڑے کا ٹکرا بغل میں اور سگریٹ منہ سے نکال کر انگلیوں میں دبا لیا ہے۔ ان کی آنکھوں میں روشنی بڑھ گئی ہے!

"مارو سالے کو! بہت گلا پھاڑتا ہے۔ موذی ہے سالا!"

اب تو محلے کے بچے بوڑھے جوان سب ہی سمٹ آئے۔ دکاندار بھی اپنی دکانوں کے تختوں سے اٹھ کر سڑک پر آ گئے۔۔۔ داروغہ جی کے حکم سے کتا پیٹا جا رہا ہے!

محلہ کے دوسرے سرے کے دوکان پر ایک "جوان" بھی بیٹھا ہوا حقہ پی رہا تھا، اس نے جو سنا کہ داروغہ جی محلہ میں آ گئے، تو وہ بھی اپنی پیٹی کمر میں اور صافہ سر پر درست کرتا ہوا اٹھا۔ محلے والے جمع ہیں۔ داروغہ جی پہلا سگریٹ ختم کر کے دوسرا اسلگا رہے ہیں۔ اور کتا پٹ رہا ہے!

کتا چھوٹی نسل کا بھورے بالوں والا۔ خاصا خوبصورت کتا تھا۔ کبھی نان بائی کی دوکان کے سامنے آ جایا کرتا تھا۔ مزاج کا ذرا کڑوا تھا۔ اور کم بخت کو داروغہ اور غیر

داروغہ کی پہچان نہ تھی!

اس وقت اس کی آنکھیں پھٹی ہوئی تھیں۔ دم ٹانگوں کے اندر مڑ کر گویا چپک گئی تھی۔ زبان ایک انچ سے زیادہ باہر نکلی ہوئی تھی۔ اس کا ہر انداز رحم طلب تھا۔

"یہ کتا کہیں چھوٹے صاحب کا نہ ہو۔" کانسٹیبل نے داروغہ کے کان سے منہ ملا کر کہا۔

"ارے کس کا ہے یہ کتا؟" داروغہ جی نے محلہ والوں سے سوال کیا۔ مار پیٹ اب بند ہو گئی۔

شیخ جی! جو ابھی شور پکار سن کر مسجد سے نکلے تھے۔ دبی زبان سے کہنے لگے:

"یہ کتا تو، صاحب میرے، وہی نا، جو نئے ڈپٹی صاحب آئے ہیں ان کا معلوم ہوتا ہے۔"

ایک لونڈا بول پڑا:

دیکھا تو ان ہی کے دروازے پر ہے، داروغہ جی۔

داروغہ جی نے سگریٹ کی جلتی ہوئی دم نالی کی طرف پھینک دی۔ کچھ کھانسے:

"بھئی کتا تو اچھی نسل کا ہے۔ ہو نہ ہو ڈپٹی صاحب ہی کا ہو گا۔ ذرا ادھر تو لاؤ اسکو۔" کتے کے سر پر انہوں نے ہاتھ پھیرا:

"اچھا کتا ب ہے۔ نئے ڈپٹی صاحب آدمی شوقین ہیں۔"

پھر کتے کے سر پر تھپکی دی۔ وہ مانوس نہیں ہوتا۔ دم اس کی ابھی تک ٹانگوں کے اندر رہے۔ اب وہ چیختا تو نہیں۔ مگر غرائے جاتا ہے۔

"مزاج کا ذرا گرم ہے یہ کتا۔۔۔ یہی تو علامت ہے اس بات کی کہ اچھی نسل کا ہے۔

یہ کہہ کر داروغہ جی نے محلہ والوں کی طرف دیکھا گویا اپنی پہچان اور شناخت کی داد چاہتے ہیں۔ کلو نان بائی نے اپنی دکان کے تختہ پر سے پکارا:

"اجی نہیں داروغہ جی، یہ سسرا تو روز میری دوکان کے سامنے بیٹھا رہتا ہے۔ بھلا ڈپٹی صاحب کا کتا ایسا کیوں ہونے لگا۔"

کسی نے جواب دیا:

"نہیں جی، پاگل ہو، اس کا پٹا نہیں دیکھا۔ پالتو ہے جی، بازاری نہیں ہے۔"

داروغہ جی نے تیسرا سگریٹ سلگایا۔ ان کا پارہ ذرا چڑھنے لگا:

"ارے میاں، تم اتنے محلہ والے ہو۔ کسی کو معلوم نہیں کہ کتا کس کا ہے، عجیب بے خبر لوگ ہو تم! اس محلہ کا باوا آدم ہی نرالا ہے۔"

"ہاں صاحب! ہاں صاحب! ہمیں معلوم ہے۔ یہ کتا ڈپٹی صاحب کا ہے۔ ہم نے ہزار دفعہ اس کو ان کی کرسی کے پاس بیٹھے ہوئے دیکھا ہے۔"

"ارے میاں! تم بھی عجیب آدمی ہو خاں صاحب۔" داروغہ جی نے جلدی سے فرمایا۔ "کھڑے دیکھ رہے ہو، کتا غریب پٹ رہا ہے اور روکتے بھی نہیں۔ بھلا یہ

کیا ظلم ہے۔ کہ سب کے سب غریب کتے پر ٹوٹ پڑیں۔۔۔ چھوڑ دو، اس کا پٹا۔ چھوڑ دو جی! معلوم نہیں کہاں سے گھیر گھار کر اس کو لے آئے۔ اور کہتے ہو کہ دکان کے سامنے پڑا رہتا ہے۔ معلوم نہیں تم لوگوں کو؟ جانوروں پر ظلم کرنے کے متعلق کس قدر سخت قانون ہے، ابھی چاہو تو دو چار کا چالان کر دوں۔ غضب خدا کا، غریب کتا کس بری طرح پیٹا گیا ہے۔ تم لوگ انسان ہو یا جانور۔ بے زبان جانوروں پر یہ ظلم! اس وقت میں نہ آگیا ہوتا تو تم لوگ تو مار ہی ڈالتے ڈپٹی صاحب کے کتے کو!"

کانسٹیبل کی طرف مخاطب ہو کر فرمانے لگے:

"لے بھئی، ذرا اٹھا تو لے اس غریب کو سنبھال کر۔ چل ڈپٹی صاحب کے یہاں پہنچا دیں۔"

محلہ والوں کی طرف رخ کر کے:

"دیکھو جی! خبر دار، آئندہ ایسی حرکت نہ کی جائے ورنہ باندھ لے جاؤں گا دس پانچ کو۔"

***

۲

کباڑ کی کوٹھڑی

"بلا گردان" صاحب کا یہ قصہ تو کچھ زیادہ عجیب نہیں، لیکن انداز بیان بہت دلچسپ ہے۔ اس لیے فیس داخلہ قبول کر کے صاحب موصوف کو انجمن کی رکنیت میں شامل کیا جاتا ہے۔"

غدر سے پہلے دادا صاحب مرحوم نے وہ مکان بنایا تھا جس میں ہم رہتے ہیں۔۔۔ پرانا ہے مگر بہت مضبوط ہے! جب غدر شروع ہوا تو دادا صاحب ایک بڑے سرکاری عہدہ پر فائز تھے۔ مگر آخر میں انھوں نے پھانسی پائی۔ (کوئی پولیس والا نہ سن لے) الزام یہ تھا کہ انھوں نے ایک بھاگے ہوئے دلی کے شہزادے کی مدد کی تھی۔ وہ بیچارے تو پھانسی پر لٹکے اور ادھر ان کی ساری جائداد اور املاک بحق سرکار ضبط ہو گئی۔ ہمارا مکان بھی ضبط ہو گیا۔ دادی بیچاری اس طرح گھر سے نکلیں کہ صرف ایک چادر ان کے سر پر تھی۔

دارو گیر کا زمانہ گزر گیا۔ دادی ہماری بڑی اولوالعزم عورت تھیں۔ کم عمری

میں بیوہ ہو کر بھی وہ مصائب سے گھبرانے والی نہ تھیں۔ ڈولی میں بیٹھ کر بڑے صاحب کی کوٹھی پر پہنچ گئی اور جو کچھ کہنا سنا تھا صاف صاف کہا۔ صاحب نئے ضلع میں آئے تھے، انھوں نے جو تحقیقات شروع کی تو ثابت یہ ہوا کہ دادا صاحب نے بے گناہ پھانسی پائی!! عجلت میں پھانسی پر چڑھا دیے گئے۔۔۔ اس زمانے میں کالے آدمی کی جان کی قیمت صرف اتنی تھی کہ جب یہ حقیقت واضح ہوئی تو سرکار نے بڑا اکرم کیا کہ جو کچھ ضبط کیا تھا اس کا نصف واپس کر دیا! دادی نے کہا، چلو، بھاگتے بھوت کی لنگوٹی۔ یہی غنیمت ہے۔ دو سال بعد پھر اپنے بچوں کو لے کر گھر آئیں۔۔۔ جس وقت گھر بند ہوا تھا تو اوپر کی منزل پر ایک کوٹھری تھی اس میں سارے گھر کا کاٹ کباڑ ڈال دیا گیا تھا۔ کوٹھری کا ایک ہی دروازہ تھا اس میں تالا پڑا ہوا تھا۔ گھر میں واپس آنے کے بعد بھی وہ تالا اسی طرح پڑا رہا۔۔۔ یہ سارا قصہ اس زمانے کا ہے جب میں تو کہاں، میری ماں بھی غالباً پیدا نہ ہوئی تھیں!! یہ نہ سمجھیے کہ میں چشم دید بیان کر رہا ہوں!!

میری پیدائش کے پندرہ برس بعد تک اس کوٹھری میں بدستور تالا پڑا ہوا تھا۔ ایک گناہ گار کے سینہ کی طرح اس کے اندر روشنی جانے کا بھی کوی راستہ نہ کھلا۔ مجھے یاد ہے کہ "دادی" اماں اس کوٹھری کے متعلق عجب عجب قصے سنایا کرتی تھیں۔ میں جب ۱۲ برس کا تھا تو دادی اماں کی عمر اسی برس کے قریب تھی۔ وہ فرمایا کرتی تھیں کہ جب غدر میں ہم لوگ اس مکان سے نکالے گئے اور دو برس تک یہ مکان

خالی پڑا رہا تو اس زمانہ میں ایک بہت نیک خیال جن اس کوٹھڑی میں آکر رہنے لگے۔ اکثر صبح کو اُن کے قرآن شریف پڑھنے کی آواز آتی ہے اور مجھ پر تو اس قدر مہربان ہیں کہ جب کبھی میرا دل گرم گرم مٹھائی یا تازے پھل کھانے کو چاہتا ہے، فوراً بھیج دیتے ہیں!!۔۔۔ میں بچہ تو تھا لیکن انیسویں صدی عیسوی کا بچہ تھا! یہ قصے سنتا تھا اور دادی اماں کو اس قدر چھیڑتا کہ وہ چڑ جاتی تھیں۔۔۔ "کیوں دادی اماں، یہ تمہارے دوست جو اوپر کوٹھڑی میں رہتے ہیں مٹھائی تو لاتے ہیں، کیا ہمارے لیے کرکٹ کا ایک بلا نہ لادیں گے؟ اچھی دادی اماں! آپ ذرا ان سے کہیے تو"۔۔۔ "کیوں دادی اماں بھلا یہ جن صاحب اس کوٹھڑی میں رہتے ہیں تو پاخانہ پیشاب بھی اسی کے اندر کرتے ہوں گے۔۔۔ بڑے غلیظ ہیں وہ!"۔۔۔ "دادی اماں" کو غصہ آجاتا تھا، کہتی تھیں "توبہ توبہ کر لڑکے! وہ خدا کے نیک بندے ہیں، ہمارے مہمان ہیں ایسی باتیں کرتا ہے تو ان کے متعلق۔۔۔"

میں کہتا: "دادی اماں! وہ اُڑتے بھی تو ہوں گے۔۔۔ ہم نے سنا ہے کہ سب جن اڑتے ہیں۔۔۔ بھلا ان سے کہیے ایک دن ہم کو اُڑا کر دلی لے چلیں۔۔۔ حضرت سلیمان کی قسم دیجیے گا تو ضرور مان جائیں گے!"

دادی اماں دِق ہو جاتیں تو اپنی لاٹھی اٹھا کر مجھے ڈراتیں۔۔۔ "نہیں جائے گا تو، نہیں جائے گا؟ بکے جائے گا، بکے جائے گا؟ اچھا ٹھہر تیرے مولوی صاحب آئیں تو دیکھ میں کیسا کچھ پٹواتی ہوں۔۔۔"

کبھی "دادی اماں" چند چراغ جلاکر۔۔۔ شام کے وقت۔۔۔ اس کوٹھڑی کے دروازہ پر رکھ دیتیں اور سب سے کہتیں "دیکھو بچو اس وقت غل شور نہ ہونے پائے، آج جنات جمع ہیں میلاد شریف کی محفل ہو رہی ہے۔۔۔"

میں کہتا "دادی! یہ کیسا میلاد شریف ہے، کوئی آواز تو آتی ہی نہیں! وہ فرماتیں، جابھاگ! بچوں کو آواز نہیں آیا کرتی!۔۔۔"

ایک رات کو۔۔۔ جاڑوں کازمانہ تھا۔۔۔ ہمسب دالان میں سو رہے تھے، دالان کے سب دروازے بند تھے دادی اماں کے پلنگ کے پاس ہی میرا پلنگ تھا۔ یکایک میری آنکھ کھلی، یہ معلوم ہوا جیسے کوئی میرے پلنگ پر کودا ہو، ڈر کے مارے میری چیخ نکل گئی، سب لوگ جاگ اٹھے، دیکھا تو ایک سفید رنگ کا بلا تھا۔۔۔ معلوم نہیں کدھر سے آگیا۔۔۔ تھا بہت بڑا، بکری کے بچے کے برابر۔۔۔ وہ تو ہم لوگوں کے جاگنے کے بعد کسی طرف سے نکل گیا۔ مگر دادی اماں نے صبح تک کسی کو اپنی باتوں سے سونے نہ دیا۔ ان کا خیال تھا کہ اوپر والے جن اس وقت بلے کی صورت میں آئے۔ معلوم نہیں مجھ سے کیا کہنا چاہتے تھے؟ بار بار دادی اماں فرماتی تھیں!! غرض یہ کہ صبح سے دوپہر تک سارے محلہ میں دادی اماں نے خبر کردی کہ اب تو کوٹھڑی والے جن خود ہی ان کے پاس آنے لگے ہیں!! میں کہتا دادی اماں آپ نے اس وقت ان کی دم نہ پکڑلی، جانے کیوں دیا؟ وہ مجھے جھڑک دیتیں "چپ، بدتمیز!"۔۔۔ جن صاحب کے آنے جانے کا سلسلہ بھی عرصہ تک جاری رہا۔

ایک رات کو میری ایک پھوپھی جو اسی دالان میں سو رہی تھیں، سوتے سوتے کسی ضرورت سے اٹھیں تو انہوں نے دیکھا کہ دادی اماں اپنے پلنگ پر نہیں ہیں۔ باہر نکلیں تو دیکھا کہ وہ صحن میں کھڑی بلے سے کھیل رہی ہیں۔ دادی اماں نے کہا کہ اس بلے نے ان کو سونے نہ دیا تو ایک دفعہ غصہ میں آ کر وہ اس کی کمر پر سوار ہو گئیں، بلا ان کو لے کر بھاگا۔۔۔ صحن سے اس نے جست کی تو سامنے کی دیوار پر پہنچا تو سامنے کی دیوار سے جست کی تو کوٹھڑی کی چھت پر پہنچ گیا۔۔۔ وہاں سے جست کی تو پھر صحن میں۔۔۔ اور دادی اماں برابر اس کی کمر پر جمی رہیں!!۔۔۔ میں نے جو یہ قصہ سنا تو خوب تالیاں بجائیں۔۔۔ دادی اماں بہت ناراض ہوئیں، مگر میں کئی راتیں اس فکر میں جاگتا رہا کہ اگر سفید بلا آ جائے تو میں بھی ضرور اس کی کمر پر بیٹھ ہی تو جاؤں!!

"دادی اماں! تم ان سے کہو" میں نے کہا کہ روز ہمیں سواری دے جایا کریں، آہاہا! کیا مزے کی سواری ہو گی۔۔۔ اس آہاہا کے جواب میں دادی اماں کا ڈنڈا میری کمر کی طرف آیا۔۔۔ اور میں بھاگا۔۔۔

غرض کہ جب تک دادی اماں زندہ ہیں وہ ضرور "جن صاحب" کا کوئی نہ کوئی نیا قصہ ضرور سنایا کرتیں اور میں ضرور کوئی نہ کوئی فقرہ چست کرتا۔ کبھی کبھی ایک دو ڈنڈے بھی کھاتا۔ پھر میں اسکول میں داخل ہو گیا اور چند ہی روز بعد "دادی اماں" کا انتقال ہو گیا۔ اس کے بعد سے "جن صاحب" بھی غائب ہو گئے۔ کم از کم

کوٹھری میں ان کی موجودگی کے آثار نظر نہ آتے تھے۔ گرم گرم مٹھائی تھی نہ سفید بلا تھا نہ قرآن شریف پڑھنے کی آواز تھی۔ ممکن ہے کہ وہ دادی اماں کے ساتھ ہی رخصت ہوگئے ہوں۔

بچپن کی نا سمجھی نوجوانی کی شرارتوں میں بدل گئی۔ میں اسکول سے فارغ ہوکر کالج میں داخل ہوا۔ جوانی دیوانی ہونے لگی۔ والد نے جو یہ رنگ دیکھا تو میری شادی کا اہتمام شروع کر دیا۔ رشتہ بچپن ہی سے قائم ہو چکا تھا۔ میری منگنی اس وقت ہوگئی تھی جب میں ۵ برس کا اور میری بیوی صرف ۲ برس کی تھی! غرض یہ کہ میں نے کچھ انکار بھی کیا، مگر کون سنتا ہے، پکڑ دھکڑ کے یہ بیل آخر کار زندگی کے ہل میں جوت ہی دیا گیا۔۔۔ ہمارا خاندان تھا۔ اس لیے شادی بہت سادہ اور شرعی قسم کی ہوئی۔ شام کو بارات گئی۔ شب بھر ہم سسرال میں پڑے رہے، دوسرے دن شام تک بیوی کو لے کر گھر آئے۔۔۔ لیکن واقعات کے سلسلہ کو توڑ کر، پہلے اس کوٹھری کے متعلق تھوڑا سا قصہ بیان کر دوں۔

جب شادی کا اہتمام شروع ہوا تو والدہ سے میں نے کہا کہ زنانہ مکان کی بالائی منزل پر میں اپنے لیے ایک ہوادار کمرہ بنوانا چاہتا ہوں اور کمرہ کے لیے بہترین جگہ وہی ہے جہاں وہ پرانی کوٹھری ہے۔ والد نے فرمایا کہ بیٹا! تمہاری دادی نے کبھی اس کوٹھری کے تالے کو ہاتھ نہ لگانے دیا۔ ان کے بعد بھی میں نے اس کوٹھری کو بدستور بند چھوڑ دیا۔ بہتر ہو کہ اس کو یوں ہی چھوڑ دو اور کسی اور طرف انے لیے کمرہ

بنوالو۔ میں نے کہا، اب تو یہ سب باتیں فضول ہیں۔ اگر کبھی کوٹھری میں کوئی جن یا بھوت تھا بھی تو وہ بھی اب باقی نہیں، کیا فائدہ کہ کوٹھری کو بند رکھا جائے اور اس قدر ہوادار موقع کو چھوڑ کر دوسری طرف کمرہ بنایا جائے۔۔۔ والد خاموش ہوگئے۔۔۔ وہ انیسویں صدی عیسوی کے بیٹے سے اختلاف ذرا کم ہی کیا کرتے تھے۔ القصہ کوٹھری کا دروازہ کھول دیا گیا۔ غدر سے پہلے کا کاٹ کباڑ۔۔۔ ٹوٹے ہوئے پلنگ، بکس، پالنے، مٹی کے گھڑے اور خدا جانے کیا کیا۔۔۔ پچاس برس کی گرد سے ڈھکا ہوا سامان وہاں سے نکالا گیا، دیواریں گرادی گئیں اور اسی جگہ نیا کمرہ تعمیر ہوگیا۔

میری ازدواجی زندگی کی یہ پہلی شام تھی۔ وہ شام جس کے متعلق شاعر گیت گاتے ہیں! دلہن اسی کمرہ میں بٹھائی گئی تھی، میری بہنیں اس کے پاس بیٹھی تھیں۔ کمرہ میں پرانی وضع کی ہانڈیاں لٹک رہی تھیں، دیواروں پر دیوار گیر فانوس لگے ہوئے تھے۔ اسی منزل پر ایک دوسرا کمرہ میری نشست گاہ تھا۔ مغرب کے وقت مجھے وہاں سے بلایا گیا اور کہا گیا کہ ان فانوسوں اور ہانڈیوں کی موم بتیاں روشن کردوں۔ دلہن ایک چاندی کے پلنگ پر سر جھکائے بیٹھی تھی۔ اس کے پلنگ کے پاس ایک کرسی رکھ کر اوپر چڑھا تا کہ ہانڈی کی بتی کو روشن کردوں۔ دیا سلائی جلا کر میں نے ہاتھ بڑھایا ہی تھا کہ دفعتاً یہ معلوم ہوا کہ کسی نے میرے پاؤں کے نیچے سے کرسی کو کھینچ لیا اور میں بے قابو ہو کر دلہن کے پلنگ پر گرا۔۔۔ کچھ ہوں ہی چوٹ

بھی آئی اور خیال یہ ہوا کہ کسی بہن نے شرارت کر کے مجھے گرایا۔ ایک شریر بہن۔۔۔ خدا مغفرت کرے۔۔۔ ہنسنے لگی۔ "واہ بھائی واہ! اس قدر بے صبری، تمہیں اس پلنگ پر بیٹھنے سے منع کس نے کیا تھا جو یہ بہانہ نکالا۔" اب تو یقین ہو گیا کہ شرارت کی گئی۔۔۔ پھر کسی پر چڑھا اور پھر دیا سلائی جلا کر موم بتی جلانے کا ارادہ کیا۔۔۔ اور پھر وہی حشر ہوا آیا، اس دفعہ کچھ چوٹ بھی زیادہ لگی۔ مگر عجیب بات یہ تھی کہ کرسی بدستور اپنی جگہ پر موجود تھی۔ حالانکہ مجھے صاف یہ محسوس ہوا تھا کہ کرسی ہٹائی گئی۔

"یہ کیا بے موقع مذاق ہے؟" میں نے بگڑ کر کہا۔۔۔ میری بہنوں نے قسمیں کھائیں کہ انہوں نے کوئی شرارت نہیں کی۔ پھر میں کرسی پر چڑھا، دیا سلائی جلا کر ہاتھ میں نے بتی کی طرف بڑھایا لیکن نیچے کی طرف بھی دیکھتا رہا۔۔۔ سب لڑکیاں کرسی سے کافی فاصلہ پر بیٹھی ہوئی تھیں۔ مگر پھر میں گرا اور اس دفعہ بالکل دلہن کے اوپر!۔۔۔ جھلا کر میں نے دیا سلائی کی ڈبیا پھینک دی اور باہر چلا گیا۔

اسی شب کو ۹ بجے کے قریب میں پھر اندر گیا، میری بہنیں جا چکی تھیں۔ میری بیوی کے پاس صرف ایک ماما بیٹھی ہوئی تھی۔ وہ بھی اٹھ کر چلی گئی۔ میں نے وہیں بیٹھ کر کھانا کھایا اور ایک دروازہ کے پاس آرام کرسی بچھا کر حقہ پینے لگا۔ گلابی جاڑوں کا موسم تھا۔ کمرہ کے تین دروازے تھے وہ بند تھے۔ کمرہ کے سامنے غسل خانہ تھا، میری بیوی غسل خانہ جانے کے لیے اٹھیں اور میری کرسی کے سامنے سے گزر کر

باہر چلی گئیں، چند منٹ بعد وہ واپس آئیں تو میں نے ان سے کہا کہ دروازہ بند کرتی آؤ۔ انھوں نے چوکھٹ سے گزر کر بغیر منہ موڑے ایک ہاتھ سے کواڑ بند کر دیا اور ساتھ ایک قدم آگے بڑھیں۔ اگر وہ ایک قدم آگے نہ بڑھ گئیں ہوتیں تو معلوم نہیں کس قدر زخمی ہوتیں، اس لیے کہ کواڑ بند ہوتے ہی یہ معلوم ہوا کہ گویا باہر سے کسی نے دونوں کواڑوں پر پوری قوت سے ایک لات ماری، اور کواڑ دفعتاً کھل گئے۔

خیریت گزری کہ میری بیوی چشم وزن پہلے اُن کی زد سے نکل چکی تھیں!۔۔۔ پھر وہ دھڑاکے کی آواز۔۔۔ سارا مکان گونج گیا۔۔۔ میں گھبرا کر اٹھا، سمجھا کہ آندھی کا کوئی جھونکا آیا۔ آسمان کی طرف دیکھا تو بالکل صاف تھا۔ چاندنی کھلی ہوئی تھی۔ سامنے کی چھت بہت وسیع تھی۔ خیال آیا کہ شاید نیچے کی منزل سے کسی شریر لڑکی نے آکر یہ مذاق کیا ہو۔۔۔ لیکن زینہ اس قدر دور تھا۔۔۔ اور بالکل سامنے کہ کتنا ہی تیز کوئی آتا جاتا چھپنا مشکل تھا اور پھر اس کھلی ہوئی چانی میں! چھت پر ایک چکر لگا کر میں واپس آیا۔ کوئی بات سمجھ میں نہ آئی۔۔۔ بہر حال کواڑ بند کر کے اور ۱۱ بجے کے قریب سو گیا۔۔۔ میری آنکھ جھپکے شاید دس پندرہ منٹ ہی ہوئے ہوں گے کہ پھر دروازہ پٹنا شروع ہوا۔ گھبرا کر اٹھا، دروازہ کھولا، باہر گیا۔ ہر طرف دیکھا۔ چاندنی کھلی ہوئی تھی۔ ساری چھت صاف تھی، ہوا کا نام نہ تھا۔ کوئی ایسا راستہ نہ تھا کہ غیر شخص آسکتا، زینہ کا دروازہ میں نے پہلے ہی اندر سے بند کر لیا تھا، وہ بدستور بند

تھا۔۔۔ پھر سو گیا، ذرا آنکھ لگی تھی کہ پھر کواڑ پٹنے شروع ہوئے۔ پھر اٹھا، پھر سویا، پھر جاگا، رات بھر اسی طرح چوکیداری کرتے گزری، جب تک جاگتا رہتا تھا کوئی کھٹکا نہ ہوتا تھا۔ جہاں آنکھ لگی اور کواڑ پٹنے شروع ہوئے! ساری رات تو اسی طرح گزر گئی، بیوی سے میں نے منع کر دیا کہ اس واقعہ کا کسی سے ذکر نہ کریں۔

دوسرے دن کمرہ کے باہر بر آمدہ میں، دروازہ کے پاس دو کتے باندھے گئے۔ زینہ کا دروازہ بند کر کے تالا ڈالا گیا۔ بارہ بجے تک میں بیٹھا ہوا بیوی سے باتیں کرتا رہا۔۔۔ وہ ڈر تو بہت رہی تھیں لیکن اپنا خوف ظاہر نہ ہونے دیتی تھیں۔ باتیں کرتے کرتے ہم لوگ سو گئے۔۔۔ پندرہ ہی منٹ کے بعد پھر کواڑ پٹنے شروع ہو گئے اور یہی حال رات بھر رہا۔ کتے دروازہ کے سامنے بیٹھے تھے اور صرف اسی وقت بھونکتے تھے جب کواڑ پٹنے کی آواز شروع ہوتی تھی! یقیناً وہ کسی کو دروازہ کے پاس آتا نہ دیکھتے تھے۔۔۔ پھر یہ معمہ کیا تھا؟

ایک دن، دو دن، چار دن۔۔۔ ایک ہفتہ اسی طرح گزر گیا۔ رات کی نیند حرام ہو گئی۔ میں نے اور میری بیوی نے بہت اس قصہ کو چھپایا لیکن کہاں تک، بہنوں تک بات پہنچی، پھر والدہ کو معلوم ہوا، پھر والد کے کان تک سارا قصہ پہنچا اور ہوتے ہوتے ہماری ساس کو خبر لگی۔۔۔ وہ بے چاری پرانے زمانہ کی بری بی، سنتے ہی ڈولی پر چڑھ کر دوڑیں۔۔۔ سارے گھر میں قیامت آ گئی۔

"غضب خدا کا! پہلے دن سے یہ ظلم ہو رہا ہے میری بچی کو مار ڈالنے کا ارادہ ہے

کچھ؟ اور یہ میاں لڑکے تو پاگل معلوم ہوتے ہیں، مجھے کیا خبر تھی کہ داماد پاگل ملا ہے۔ بند کرو، اس کمرہ کو، صاحبزادے نیچے کی منزل میں رہنا چاہیں تو رہیں نہیں تو میں اپنی بچی کو لیے جاتی ہوں۔ کیا کہا؟ نیچے تکلیف ہو گی؟ کیا تکلیف ہو گی؟ تمہارے باپ دادا سب یہیں رہے، تم یہیں پیدا ہوئے، یہیں پرورش پائی۔ ہمیشہ کمرہ پر ہی تو رہا کرتے تھے گویا!۔۔۔ چلو جھک جھک نہ کرو۔۔۔ وہیں رہو گے تو رہو، میں تو اپنی بچی کو لیے جاتی ہوں،۔۔۔ اللہ بچائے آج کل لڑکوں سے۔۔۔ دیدہ کی صفائی تو دیکھو۔۔۔ جنات سے مقابلہ کریں گے یہ! اپنی دادی کی باتوں پر ہنسا کرتے تھے۔ اس وقت تو میاں بالشت ہی بھر کے تھے۔۔۔ اب مجھ سے دل لگی کرنے لگے!۔۔۔ جو تمہارے جی میں آئے کرو۔۔۔"

ایک لمبا چوڑا لیکچر دے کر وہ تو میری کو لے کو گھر چلی گئیں۔ اب اماں باوا کی یورش مجھ پر شروع ہوئی۔۔۔ اٹھارہویں اور انیسویں صدی کا سخت ترین مقابلہ ہوا۔ مگر میں نے کسی کی نہ سنی۔ تنہا بھی وہیں سویا۔۔۔ اتنا تو ہوا کہ ابا جان نے بغیر میری اطلاع کے دو نوکر برابر کی چھت پر بٹھا دیا۔ لیکن رات کی دھڑا دھڑ کو وہ بھی نہ روک سکے، سلسلہ برابر جاری رہا۔۔۔ میں بھی اپنے سرہانے طلسم ہوشربا اور رینالڈس کے ناول رکھ کر لیٹتا تھا اور تین چار بجے صبح تک پڑھتا تھا۔ اس لیے صبح کے قریب جب آنکھ لگتی تھی تو ایک دو دفعہ سے زیادہ کواڑ پٹنے کا موقع نہ آتا تھا۔ اس طرح دو ہفتے گزرے ایک دن میں نے کہا چھوڑو میں نہیں سوتا کمرہ میں۔ کواڑ کھول

دو اور دروازہ کے سامنے برآمدہ میں بستر بچھا۔۔۔ وہ شب امن سے گزری، اس کے بعد کبھی یہ سلسلہ جاری نہ ہوا۔ بلکہ میں جب پھر اندر سونے لگا اور تب بھی وہ واقعہ پیش نہ آیا۔ ساس صاحبہ کو جب کافی اطمینان ہو گیا تو انہوں نے بھی بہت سے تعویذ پہنا کر اور بہت فلیتے کمرہ میں جلانے کے لیے ساتھ کر کے میری بیوی کو بھیج دیا۔ ۱۸ برس رتک ہم اس کمرہ میں رہے، گرمی، جاڑا، برسات تمام موسم وہیں گزرتے تھے، میرے بچے بھی وہیں رہتے تھے۔۔۔ معلوم ہوتا تھا کہ دادی اماں کے وہ روحانی دوست ناراض ہو کر ہمیشہ کے لیے رخصت ہو گئے۔

اب یہ نہ پوچھیے کہ میری رائے کیا ہے اور اس سارے واقعہ کی اصلیت میں کیا سمجھتا ہوں! جنات کے متعلق بدعقیدہ میں اب بھی ہوں۔ اب بھی میں ان باتوں کو ڈھکوسلا ہی سمجھتا ہوں لیکن اگر آپ مجھ سے یہ دریافت کریں کہ آخر دو ہفتے تک میرے کواڑ کون پیٹا کرتا تھا تو میں جواب کچھ نہ دے سکوں گا، البتہ آپ سے کہوں کہ جدید روحانیت کے یورپین ماہرین سے مشروہ کیجیے۔ بغیر یورپین ماہرین کے مشورہ کے اس ابجھٹے کا بھی۔۔۔ سلجھنا مشکل ہے! تعلیم یافتہ متمدن اور "روشن خیال" آدمی ہوں۔۔۔ علم و سائنس کی قسم کھا کر کہتا ہوں کہ یہ جنات ونات سب پرانی بوڑھیوں کے ڈھکوسلے ہیں۔

***

۳

سراغ رساں

اکتوبر کے مہینے کی ۶ تاریخ تھی اور سال تھا ۱۸۸۵ء۔ ۸۵ نہ ہو گا تو ۸۶ء ہو گا۔ غرض تھے گلابی جاڑے۔ ایک فرد کی سردی تھی، صبح صبح تھانہ میں بھنگی جھاڑو لگا رہا تھا۔ اور داروغہ جی برآمدہ میں اپنے پلنگ پر آدھے لیٹے آدھے بیٹھے، حقہ پی رہے تھے۔ منہ ان کا ابھی باسی تھا۔ رات کے جمع شدہ چیز ہنوز آنکھوں کے کویوں میں جمع تھے۔

ایک شخص بھاگا ہوا آیا:

"سلام داروغہ جی! غضب ہو گیا داروغہ جی، غضب ہو گیا سرکار!"

"ابے غضب کے بچے کچھ کہتا بھی ہے یا خواہ مخواہ چیخے جاتا ہے۔" داروغہ جی نے چڑچڑا کر فرمایا۔

"داروغہ جی بڑا بھاری قتل ہو گیا۔ ہمارے میاں کو کسی نے مار ڈالا۔۔۔ ہائے۔ ہائے!"

"کون ہے تیرا میاں، ابے کس نے مار ڈالا، صاف صاف سیدھی سیدھی بات کر، ورنہ دوں گا ایک لات!"

"اجی سرکار! ہمارے میاں خداداد خاں زمیندار پتوکھیڑہ کل شام تو اچھے خاصے تھے، اور اب کمرہ کے دروازہ بند ہے۔ پکارتے پکارتے میں تھک گیا۔ دروازہ پیٹا، آوازیں دیں، گھر میں کہرام مچا ہوا ہے۔"

"ابے کہرام سے ہمیں کیا کام، مرغی کے، یہ بتا وہ رات گئے کہاں تھے؟"

"کہیں نہیں سرکار۔۔۔ اب سرکار کو تو معلوم ہی ہے۔ ان کا آنا جانا موہنی طوائف کے یہاں تھا۔ وہیں سے شام کو واپس آئے تھے۔ بس پھر تو کہیں گئے نہیں۔ وہ تو داروغہ جی اچھے خاصے تھے۔ ہائے ہائے۔ یہ کیا ہو گیا۔ ہائے ہائے۔"

"سن بے حرامزادہ! جو پوچھوں وہ بتا۔ بک بک کرے گا تو ابھی منہ ٹیڑھا کر دوں گا۔ ہاں، بتا اب، کس نے قتل کیا ان کو۔۔۔ ٹھیک ٹھیک بتا۔"

"اے لو! سرکار، بھلا مجھے کیا معلوم؟ یہ تو سرکار آپ ہی معلوم کریں گے۔"

"کیوں بے! ہم تیرے باپ کے نوکر ہیں۔ ہم معلوم کریں گے اور تو نہ بتائے گا۔ بتا، بول۔۔۔ نہ بتائے گا؟ اٹھوں پھر میں؟"

"سرکار! اولاد کی قسم مجھے معلوم نہیں۔"

"اولاد کا جنا! حرامی سالا!۔۔۔ ارے کوئی ہے، ذرا لے تو جاؤ اس اولاد کے جنے کو حوالات میں! ان حرامزادہ کو یہ تو خبر ہے کہ ان کے آقا صاحب قتل کر دیے

گئے۔ مگر یہ معلوم نہیں کہ کس نے قتل کیا۔۔۔ ہم سے پوچھتا ہے سالا۔۔۔ ہم ان کو بتائیں۔۔۔ لینا منشی جی! ذرا تھوڑی سی ٹھکنتی تو کرڈالو۔ باز خان کے سپرد کرڈالو۔ وہ اس کا مزاج درست کرلیں گے۔۔۔"

مقتول زمیندار صاحب کے دروازہ پر کانسٹیبل ٹہل رہے ہیں۔ داروغہ جی وردی پہنے پیٹی لگائے محلہ کے لوگوں کے بیانات لے رہے ہیں:

"ہاں تو مقتول شراب بہت پیتا تھا۔ موہنی طوائف سے اس کا تعلق تھا؟ اور بیوی سے کس بات پر جھگڑا ہوا کرتا تھا؟۔۔۔ بتاؤ جی، صاف صاف کہو۔۔۔ ہاں! تو وہ موہنی کے گھر سے شام کو کس وقت آیا تھا۔ تم نے واپس آتے دیکھا، کوئی سات بجے کے قریب، ٹھیک! پھر تم سے کچھ بات کی تھی؟ بات نہیں کی؟ یہ کیسے ہو سکتا ہے، جھوٹ مت بکو۔ سچ سچ بات کہو۔ شراب پیئے ہوا تھا۔ نشہ زیادہ معلوم ہوتا تھا۔ پھر تم سے بات کیوں نہیں ہوئی؟ نشہ کی حالت میں تو ضرور بات ہونی چاہیے تھی۔۔۔ جھوٹے ہو تم۔۔۔ بکواس نہ کرو۔۔۔ یہ کیا بھید ہے کہ تم نے اس سے بات نہیں کی۔ اچھا مان لیا کہ اس نے بات نہیں کی۔ مگر تم نے بات کیوں نہ کی؟ تمہیں سانپ سونگھ گیا تھا؟ تمہاری زبان کو دیمک چاٹ گئی تھی؟ کیوں جی؟ نہیں بتاؤ گے؟ اچھا مجھے بھی دیکھا ہے ٹیڑھی انگلیوں سے صاف گھی نکال لیتا ہوں۔ ہونہہ! جمعدار ذرا لے جاؤ اس بدمعاش کو حوالات میں۔۔۔ ہم آتے ہیں۔ ابھی۔۔۔

اب داروغہ جی نے موقعہ کا معائنہ شروع کیا:

دوسری منزل پر وہ کمرہ تھا۔ دروازہ اندر سے بند تھا۔ باہر کی طرف ایک کھڑکی کھلی ہوئی تھی۔ داروغہ جی نے بہت غور سے اس کو دیکھا:

"اگر کوئی گھر کا آدمی نہیں ہے تو وہ ضرور ادھر سے چڑھ کر داخل ہوا اور ادھر ہی سے نکل گیا۔ ذرا دیکھنا باہر کی دیوار پر کوئی نشان تو نہیں ہے۔"

دیوار پر نشان بہت تھے۔ لمبے، سیدھے، گول ہر قسم کے نشان تھے۔

"اچھا اب دیوار کے نیچے زمین پر دیکھو۔" ڈبیا میں سے پان نکال کر کھاتے ہوئے داروغہ جی نے ہدایت فرمائی۔ بارش ہو چکی تھی، نرم زمین پر انسان اور جانور کے قدموں کے سینکڑوں نشانات موجود تھے۔

"ٹھیک ہے۔ رات میں ادھر سے آیا۔ ادھر ہی سے آیا۔ ادھر سے نہ آیا تو پھر کدھر سے آیا (داروغہ جی نے حاضرین کی طرف نظر کرکے اس سوال پر زور دیا کہ گویا کسی نے ان کی رائے پر اشتباہ ظاہر کیا ہے) بیشک ادھر سے آیا! مگر چڑھا کیسے ؟"

"جی صاحب، چڑھنے کا کیا ہے، چڑھ گیا ہوگا۔ رسی باندھ کر، بانس رکھ کر۔" ایک محلہ والے نے لقمہ دیا۔۔۔

"پاگل ہو" داروغہ جی نے جھڑکا" کہیں قیاسات سے سراغ رسانی کی جاتی ہے۔ پکے نشانات اور اشارے ملنے چاہئیں۔ اچھا اب دیکھو یہاں قریب کوئی سیڑھی موجود ہے یا نہیں ؟"

"زمیندار صاحب کے اصطبل میں ایک بانس کی سیڑھی رکھی ہوئی ملی۔"

"ہاں۔ اب دیکھو بات سمجھ میں آئی۔ کھڑکی کھلی ہوئی، دروازہ اندر سے بند۔ دیوار پر نشان۔ سیڑھی موجود۔ قاتل کا راستہ معلوم ہو گیا!!" داروغہ جی نے خاص طور پر ان صاحب کی طرف نظر کر کے فرمایا جنہوں نے رسی اور بانس کا ذکر کیا تھا۔

"کھڑکی کھلی ملی ہو گی۔ قاتل اندر گھس آیا ہو گا۔ بھئی مقتول تو ہمیشہ کے بے فکر تھے ہی۔ ہم تو جانتے تھے۔ کسی دن یہ حشر ہونے والا ہے۔ عیاشی۔ شراب خواری۔ بری صحبت۔"

ناصحانہ انداز میں داروغہ جی نے اپنے شانے ہلا کر افسوس کا اظہار فرمایا۔ "کیوں شیخ جی! میں کچھ غلط کہتا ہوں؟ سیدھے سیدھے چلتے تو آج اپنے گھر میں آرام سے بیٹھے ہوتے۔ اب مرے پڑے ہیں۔ بھائی خدا بچائے!"

"ہاں صاحب خدا بچائے۔" محلہ والوں نے آواز میں آواز ملائی۔

"ارے میاں! ہم سے کیا کہتے ہو۔ ہم تو روز ایسے سینکڑوں تماشے دیکھا کرتے ہیں۔"

کمرہ کے دروازہ میں باہر سے قفل لگا کر مہر کر دی گئی۔ کھڑکی کے نیچے ایک کانسٹیبل مقرر کیا گیا اور داروغہ جی محلہ والوں کو سمیٹ کر تھانہ میں آ گئے۔ چلتے وقت مقتول کے کسی عزیز نے مقتول کی لاش اور کفن دفن کا کچھ ذکر کیا۔ داروغہ جی پل پڑے "ارے میاں، کچھ قتل بھی ہے۔ ابتدائی تحقیقات تو ہو لینے دو۔ ابھی تو جناب

میں لاش کو ہاتھ بھی نہ لگانے دوں گا۔ ایسی گھبراہٹ کیا ہے۔ آخر کفن دفن تو ہونا ہی ہے۔ اب نہیں، دس گھنٹہ بعد سہی۔"

یہ کہہ کر داروغہ جی۔ داروغہ جی کے پیچھے چھ کانسٹیبل۔ کانسٹیبلوں کے پیچھے محلہ والے، محلہ والوں کے پیچھے محلہ کے لونڈے اور محلہ کے لونڈوں کے پیچھے محلہ کے دو تین کتے۔

تحقیقات کی پہلی منزل ختم ہوئی۔

کھانا کھا کر، حقہ پی کر، داروغہ جی نے تھوڑا سا قیلولہ کیا۔ اس کے بعد پھر اپنی جھبے دار پگڑی سر پر رکھ کر معائنہ موقع فرمانے کی غرض سے نکلے۔ مکان کے چاروں کونوں پر کانسٹیبل کھڑے تھے۔ کمرہ کے دارواز ہ کا تالا داروغہ جی نے خود کھولا۔ آگے آگے وہ۔ اُن کے پیچھے جمعدار صاحب کمرہ میں داخل ہوئے۔

"دیکھو جمعدار۔ کوئی اندر نہ آنے پائے۔ نوجوان افسران اکثر یہی تو غلطی کرتے ہیں کہ روک ٹوک نہیں کرتے۔ لوگ موقع واردات پر جمع ہو جاتے ہیں اور جرم کے نشانات مٹ جاتے ہیں۔ کسی کو مت آنے دو۔"

یہ حکم دے کر داروغہ جی نے تفتیش کی دوسری منزل میں قدم رکھا۔

کمرہ کی حالت یہ تھی:

دروازہ پر میلے ململ کے پردے۔ فرش پر ایک پرانا قالین۔ ایک کونے میں کھڑکی کے پاس ایک مسہری جن کے پردے جگہ جگہ سے پھٹے ہوئے۔ بستر کی چادرو

تکیہ کے غلاف میلے۔ ایک کونے میں جوتوں کے چند جوڑے۔ ان پر گرد جمی ہوئی۔ مسہری کے پاس ایک چھوٹی میز پر ایک گلاس اور راکھ دانی۔ فرش پر سگریٹوں کے بہت سے ٹکڑے تھے۔

داروغہ نے بہت احتیاط کے ساتھ بستر کی لٹکتی ہوئی چادر کو اٹھا کر مسہری کے پیچھے جھانکا۔ وہاں دس بارہ وسکی کی خالی بوتلیں پڑی ہوئی تھیں اور ایک دو ٹوٹے ہوئے گلاس۔ پھر داروغہ جی نے کھڑکی سے جھانکا۔

"بہت اونچی ہے۔ ضرور سیڑھی لگائی ہوگی۔ دیکھو جمعدار انگلیوں کے نشانات۔ ادھر دیکھو۔ ان کیواڑوں پر۔ ان کا فوٹو لینا ہوگا اور یہ بوتلیں بھی سب تھانے لے جاؤ اور یہ ٹوٹے ہوئے گلاس بھی اور یہ راکھ دانی بھی اور۔۔۔ یہ تو دیکھو۔ قالین پر یہ دھبہ کیسا ہے؟ ہے تو سرخی مائل۔ تعجب نہیں کہ خون کا دھبہ ہو۔ اس کو بھی لے جاؤ تھانہ۔

"مگر" جمعدار نے کہا "سرکار مقتول کی لاش کہاں ہے؟"

"توبہ! عجب گھونگے ہو۔ جو بات آدمی کی سمجھ میں نہ آئے۔ اس کا کہنا کیا ضرور ہے۔ پہلے قاتل کا کھوج تو لگاؤ۔ مقتول کی لاش بھی مل جائے گی۔ اور اگر نہ بھی ملے تو بھی قتل تو قتل ہے۔ ابھی تو زندہ پکڑو۔ مردہ تو مردہ ہے اس کی فکر پھر کر لینا۔۔۔ سمجھے؟"

داروغہ جی نے بہت پر معنی لہجہ میں کہا "سمجھے؟"

"لیکن سرکار!" بے عقل جمعدار نے پھر کہا "اگر قتل اسی کمرہ میں ہوا، تو پھر لاش کہاں گئی؟"

"اونہہ! کیا کوڑھ مغز ہو، اورے بھائی۔ قتل ہوا۔ یہ تو مانتے ہو نا کہ قتل ہوا۔ اچھا اب یہ بھی مان لیا کہ اسی کمرہ میں ہوا، بہتر! اب یہ بتاؤ کہ قاتل کہاں گیا؟ قاتل اگر مل گیا تو مقتول کی لاش کا بھی پتہ مل جائے گا۔ اور وہ نہ ملا تو پھر لاش ملے یا نہ ملے۔ سب یکساں ہے! بھائی میرے! ان باتوں کے سمجھنے کے لیے تجربہ چاہیے، تجربہ!۔۔۔ یاد نہیں۔ پچھلے سال اس سوداگر کا قتل! لاش کو قاتل کہاں سے کہاں لے گئے تھے۔ اب تو جمعدار تم یوں سمجھ لو کہ ارتکابِ جرم تو ہوا۔ لاش نہیں ہے نہ سہی البتہ یہ ہم بھی مانتے ہیں کہ اگر لاش اس کمرہ میں نہیں تو قاتل ایک آدمی نہ تھا۔ کم از کم دو ہوں گے جو لاش کو اٹھا کر لے گئے۔۔۔ یہ دیکھو یہ کیا ہے تکیہ پر خون کا نشان۔۔۔ اگر تکیہ پر خون کا دھبہ ہے تو سمجھ لو کہ سوتے میں قتل کیا گیا۔ اچھا تو اٹھاؤ یہ تکیہ بھی لو، لے چلو تھانہ کو۔"

"اس بوٹ کے تسمے کہاں ہیں؟" ایک جوتے کو ٹھوکر مار کر داروغہ جی نے فرمایا۔۔۔ "دونوں تسمے نکال لیے گئے ہیں۔۔۔ اس سے کیا پتہ چلتا ہے، کچھ سمجھے جمعدار؟" پھر جمعدار کے جواب کا انتظار کیے بغیر "اگر یہ خون کے دھبے خون کے دھبے نہیں ہیں، تو اغلب یہ ہے کہ جوتوں کے تسموں سے گلا گھونٹا گیا ہے۔۔۔ یہ ذرا دور کی کوڑی۔۔۔" داروغہ جی مسکرائے! "کیوں جمعدار۔۔۔ ہے پتے کی بات؟"

اتنے میں پولیس کے ڈاکٹر صاحب بھی تشریف لے آئے۔ وہ بہت آہستہ آہستہ کمرے میں داخل ہوئے جیسے ٹہلتے ہوئے کلب میں جارہے ہیں۔ ایک اخبار ان کے ہاتھ میں تھا۔

"ارے میاں داروغہ جی، سنا تم نے؟ سرحد پر جنگ شروع ہوگئی۔ بھئی یہ سرحدی پٹھان بھی بلائے بے درماں ہیں۔ اخبار کہتا ہے کہ سرحد کی طرف فوجیں جارہی ہیں۔۔۔ اب پھر چلے گی کچھ روز۔۔۔"

داروغہ جی کو نہ سرحد کی جنگ سے کوئی دلچسپی تھی نہ سرحد کے پٹھانوں سے۔ انہوں نے سنی ان سنی کرکے کہا: "ڈاکٹر، دیکھو تو قالین پر یہ خون کا دھبہ ہے نا؟"

ڈاکٹر صاحب نے جیب سے عینک کا خانہ نکالا۔ خانہ میں سے عینک نکالی۔ پھر جیب میں سے رومال نکالا۔ رومال سے عینک کے دونوں شیشے صاف کیے۔ اس کے بعد ناک کی نوک پر عینک کی کمانی رکھ کر قالین کی طرف متوجہ ہوئے۔

"دھبہ تو ضرور ہے کچھ سرخی مائل بھی ہے۔ خون ہی ہوگا۔ ممکن ہے خون ہو۔ معلوم تو خون ہی ہوتا ہے۔ خون ہے۔ ضرور خونہی ہے۔ سنا تم نے۔ داروغہ۔ یار ہماری چھاؤنی سے بھی فوج جانے والی ہے اور جو کہیں ہم کو بھی حکم مل گیا تو ہوگی بڑی کوفت اور بے لطفی۔"

"اچھا فرض کرو" داروغہ جی نے جمعدار کو مخاطب کرکے کہا "فرض کرو یہ خون ہے تو پھر گویا یہ ثابت ہوتا ہے کہ مقتول کو دو طرح قتل کیا گیا۔ پہلے چھری یا

کسی آلہ دھاروار سے اور پھر دی گئی پھانسی، جوتے کے تسموں سے، یا یوں ہوا کہ پہلے پھانسی دی پھر چھری بھونک دی! اور نہیں تو پھر یا خون کا دھبہ غلط یا جوتے کے تسموں والی بات!" اس طرح داروغہ جی نے گویا اپنی قطعی رائے ظاہر فرمائی۔

"اور اگر دونوں باتیں غلط نہ ہوئیں، نہ تسمے، نہ پھانسی، پھر۔۔۔ ارے یار چل بھی یہاں سے۔ بس ہو گئی تفتیش کامل۔ سنتے ہیں کہ گاندھی جی نے اپنے آشرم کا سارا گھروندا توڑ ڈالا۔ ارے یار۔ یہ تو کچھ عجب آدمی ہے۔ گاندھی۔ بھئی واہ!"

"افوہ! بکے جاتے ہو" داروغہ جی جھنجلا گئے۔۔۔ "معاملہ کو الجھاؤ مت، سلجھاؤ، تفتیش کا یہی بنیادی اصول ہے۔"

اپنی اخبار بینی کی داد داروغہ جی سے نہ پا کر ڈاکٹر صاحب نے عینک اتار کر اس کے خانہ میں رکھ لی۔ اور خانہ جیب میں۔ اور یہ فرماتے ہوئے چل دیے:

"اچھا یار شام کو آئیں گے۔ لاش کا پتہ چل جائے تو ہمیں بلا لیجو۔"

"اس صندوقچی کو دیکھو۔ اس میں کیا ہے؟۔۔۔ گھڑی پرانی معلوم ہوتی ہے۔ ۱۲ روپے، ایک انگشتری، لو تو بس (جمعدار کی طرف مخاطب ہو کر فرمایا) یہ الجھاؤ تو سلجھ گیا۔۔۔ قتل کی غرض چوری نہ تھی۔ مال موجود ہے۔ اب اگر قتل کی کوئی وجہ ہو سکتی ہے تو دشمنی!"

داروغہ جی نے خالص منطقی استدلال فرمایا "یہ بات تو صاف ہے سمجھے جمعدار۔"

جمعدار نے سر ہلا کر اثبات کا اشارہ کیا۔ وہ اکثر اثبات ہی کا اشارہ کرنے کے عادی تھے!! "اچھا جی! پتے کی باتیں تو سب معلوم ہو گئیں۔ اب ذرا دماغ پر زور دو۔ قاتل کون ہو سکتا ہے؟" داروغہ جی نے اب دوسرا نکتہ حل فرمانے کی کوشش شروع کی۔ جمعدار صاحب نے اپنی عقل کے پانسے پھینکنے شروع کیے:

"سرکار! مقتول کا کوئی دشمن ہی یقیناً اس کا قاتل ہے۔" جمعدار صاحب نے گویا یہ ایک بالکل نئی بات ڈھونڈ نکالی۔ پھر انہوں نے دشمنوں کی فہرست پیش کی۔

"منولال بنئے سے بہت مقدمہ بازی ہو رہی تھی۔ میں نے سنا ہے کہ اپنے نوکر کو بھی۔۔۔ وہی جو اب حوالات میں ہے بہت مارا پیٹا کرتے تھے۔۔۔ کہتے ہیں کہ بیوی سے بھی ان بن رہتی تھی، موہنی طوائف کے معاملہ میں خان بہادر صاحب سے بھی لاگ ڈانٹ تھی۔ اب خدا ہی جانے سرکار، ان میں سے کس نے یہ کارروائی کی!" جمعدار صاحب گویا امکانات کے پورے میدان پر پھیل گئے!

"اونہہ۔۔۔" داروغہ جی کے دل کو بات نہ چپکی۔۔۔ "تم تو جمعدار بے پر کی اڑانے لگے۔ ارے میاں، تک بندی سے کیا فائدہ، قدم قدم بڑھنا چاہیے۔ قاتل کا پتہ لگانے سے پہلے پتہ لگانے کے صحیح طریقہ کا پتہ لگانا چاہیے۔ یعنی یہ معلوم کرنا چاہیے کہ پتہ کس ذریعہ سے لگ سکتا ہے۔ ملازم کو تو میں نے بند کر ہی دیا۔۔۔ سالا پچاس جوتوں میں سب کھول دے گا۔۔۔ اور دو چار کو اور بند کر دوں۔۔۔ بس ان سب کا عرق نچوڑ لیجیو۔۔۔ یہ نہیں کہ کاتا اور لے دوڑی۔۔۔ ہلکی آنچ پر تفتیش کی

ہانڈی پکاؤ۔۔۔ہاں جمعدار!"

"بجا ہے سرکار! پھر آپ کا تجربہ اور آپ کی عقل ہم جاہلوں، گنواروں کے پاس کہاں؟"

بارہ دن گزر گئے، مقتول کی لاش کا پتہ نہیں۔ قاتل بھی لاپتہ ہے۔ تفتیش جاری ہے اور داروغہ نے مسل مرتب کرلی ہے۔ شہادتیں تیار ہیں۔ ثبوت کے گواہ بھی تجویز ہو گئے ہیں۔ مجسٹریٹ سے گرفتاری کا وارنٹ مانگا جانے والا ہے۔ ہر چیز تیار ہے۔ درحقیقت سارا مقدمہ اور چالان تیار ہے۔ صرف خفیف سی کمی یہ رہ گئی ہے کہ ابھی قاتل کا پتہ نہیں چلا۔ اور اس کے علاوہ غیر اہم سہی، لیکن ایک کمی یہ بھی ہے کہ مقتول کی لاش کا پتہ نہیں۔ مشتبہ اشخاص کئی ہیں۔ بحث صرف یہ ہے کہ کس کے اور کتنوں کے خلاف وارنٹ گرفتاری جاری کرایا جائے۔ رات کو داروغہ جی کھانا کھا کر اپنے بستر پر لیٹے ہیں، سامنے ایک مونڈھے پر تھانہ کے "منشی جی" اور جمعدار بیٹھے ہیں۔ تینوں کے بیچ میں۔۔۔ اس تثلیث کا مرکزی نقطہ۔۔۔ ایک حقہ رکھا ہوا ہے۔ گفتگو بہت رازدارانہ ہے۔

"اجی، ہم تو یہ سمجھتے ہیں کہ وارنٹ ہو جائے۔ کسی کے خلاف ہی ہو۔ مقدمہ تو عدالت میں آجائے۔ ثبوت تو تیار ہو ہی جائے گا۔ اور اس میں آسانی بھی بڑی ہے جو کوئی اپنے کو بے گناہ کہے گا وہ عدالت میں اپنی بے گناہی ثابت کرے گا۔ کر دے ثابت۔ ہم اگر تین ملزم پیش کریں گے، ایک اگر بری ہو گا تو دو رہ جائیں گے۔ دو اگر

بری ہو گئے تب بھی ایک تو رہے گا۔"

"اور اگر تینوں عدالت سے بری ہو گئے؟" منشی جی نے لقمہ دیا۔ عدالتی کارروائیوں کے متعلق داروغہ جی کے مشیر خاص منشی جی تھے۔

"منشی جی تم بھی کیا باتیں کرتے ہو، تین ملزموں میں سے ایک بھی مجرم ثابت نہ ہو سکے؟"

دس دن اور گزر گئے۔ داروغہ جی نے تین ملزموں کے گرفتاری کے وارنٹ حاصل کر لیے۔ سب سے پہلے پولیس کی جماعت موہنی طوائف کے گھر وارنٹ کی تعلیم کرنے پہنچی۔ "ارے کواڑ کھولو! کہاں ہے موہنی؟ کیا کہا، نہیں ہے؟ یہاں نہیں ہے تو کہاں ہے؟ چھپ کر کہاں جائے گی، حرامزادی، بمبئی گئی ہے، یہ نہ کہہ دیا حج کرنے گئی ہے۔ بتاؤ سالو! کہاں ہے ملزمہ، ہم سے بچ کر کہاں جائے گی سسری! یہ پولیس ہے پولیس ہنسی ٹھٹھا نہیں ہے۔ ابھی حاضر کرو ملزمہ کو۔۔۔ نہیں تو۔۔۔"

"سرکار! وہ تو قسم خدا کی بیس پچیس روز سے یہاں نہیں ہیں۔ بمبئی گئی ہوئی ہیں۔"

"بمبئی کی ایسی تیسی۔ سچ بتاؤ کہاں چھپایا ہے۔۔۔ یوں نہبتائے گی۔ حرامزادی، چوٹی پکڑ کر لگاؤ تو ایک چانٹا۔ ابھی ٹھیک کیے دیتا ہوں، مجھے بھی کوئی تماشبین سمجھا ہے، ناٹکہ جی! میں تھانہ دار ہوں۔ تھانہ دار۔ لینا جمعدار ذرا بڑھیا ڈھڈو

کی خبر!"

داروغہ جی ایک بید کا ٹکڑا ہاتھ میں لیے، سگریٹ منہ میں دبائے ٹہل رہے ہیں: "جیسی چاہو قسم لے لو داروغہ جی۔ موہنی یہاں نہیں ہے، ہاں کل آنے والی ہے۔ وہ بمبئی سے آج چلی ہو گی۔ ہزار گواہ پیش کر دوں گی۔ اس کو گئے تو بیس پچیس دن ہو گئے۔ کیوں استاد جی کہتے نہیں ہو، تم ہی تو اس کو پہنچانے اسٹیشن پر گئے تھے۔ اور داروغہ جی آپ سے کیا پردہ ہے۔ آپ جا کر پوچھ نہ لیجیے، وہ تو خان صاحب کے ساتھ گئی ہے۔

"کون خان صاحب، بتا حرامزادی کون خان صاحب، ہم نہیں جانتے کون خان صاحب، ملزمہ کو حاضر کر۔"

"ارے وہی خان صاحب۔ داروغہ میاں، انہیں کون نہیں جانتا؟ وہی ناپتو کیڑہ کے زمیندار۔ خداداد خاں۔۔۔ کیوں استاد جی، تم نے تو دونوں کو ریل میں سوار ہی کرایا تھا۔"

اس شب کو داروغہ جی نے اپنے روزنامچہ میں کیا کھپایا اور منشی جی نے کیا لکھا۔۔۔ ہمیں معلوم نہیں۔ تفتیش بہر حال نامکمل ہی رہی۔

***

۴

دیوتاؤں کا صدقہ

اشخاص:

کلاڈیس بالبو: ایک رومی امیر جو اپنی بیوی کی بدچلنی سے واقف ہے۔

لینٹولس: روما کا ایک نوجوان امیر زادہ جس سے بالبو کی بیگم کے ناجائز تعلقات ہیں۔

جولیا: بالبو کی بدچلن بیوی۔

گالیا: بالبو کا سکریٹری۔

لوکستا: بالبو اور جولیا کی کنیز جو زہر دے کر قتل کرنے کے فن میں دستگاہ رکھتی ہے۔

منظر

دوپہر ڈھل چکی ہے، آفتاب کی تمازت کم ہوتی جاتی ہے۔ کلوزیم کی دیواروں کا سایہ لمبا ہوتا جاتا ہے۔ ٹھنڈی ہوا چل رہی ہے۔ یہ وقت ہے جب روما کے رؤسا

اور امرا اپنے محلوں کے بر آمدوں میں نکل آتے ہیں۔

کلاڈیس بالبو کا محل بنیاد سے گنبد تک خالص مرمر کا بنا ہوا ہے۔ اس محل کے ایک بر آمدہ میں بالبو اپنی بیگم کے عاشق لینٹولس کے ساتھ پالسو کا کھیل کھیل رہا ہے۔ یہ دونوں مرمر کی نیچی چوکیوں پر رکھے ہوئے ریشم کے موٹے گدوں پر کچھ بیٹھے اور کچھ لیٹے ہوئے کھیل میں مشغول ہیں۔

بالبو: کھیلو۔ کھیلو، پانسہ پھینکو، پانسہ کو روکتے کیوں ہو۔ کس چکر میں ہو؟ (آنکھ مار کر اور سر ہلا کر محل کے دروازے کی طرف دیکھتا ہے)

لینٹولس: "ہوں۔ کیا کہا؟ پانسہ؟ پانسہ تو پھینک رہا ہوں، یہ دیکھو، یہ مارا، لو چلو اٹھاؤ پانسہ۔"

بالبو: "(ایک ہونٹ دانتوں کے نیچے دبا کر) تمہارا پانسہ تو سیدھا پڑ رہا ہے۔ مگر کب تک؟ ایسا لوٹے گا کہ یاد کرو گے۔ پانسہ کے بھروسہ پر نہ رہنا۔ میرا ہاتھ ابھی نہیں دیکھا۔"

لینٹولس: "اجی سب دیکھ لیا۔ دیکھ چکے تمہارا ہاتھ! (پانسہ پھینک کر) پانسہ یوں پھینکتے ہیں، دیکھا؟ اب ذرا سنبھل کر پھینکو۔

(اٹھ کر ٹہلنے لگتا ہے۔ دل ہی دل میں باتیں کرتا ہے۔ پانسہ پانسہ سیدھا پانسہ تو میرا ہے۔ اس گدھے کا پانسہ تو الٹا پڑ چکا۔ نرا الو کا پٹھا ہے۔ جو روکو میں لے جاتا ہوں شوہر آپ ہیں! دیوتاؤں کی دلگی بھی عجیب ہے۔ جولیا جیسی پری کا جوڑا لگایا

بھی تو اس لنگور کے ساتھ !واہ میرے دیوتاؤ)

بالبو: "کیا منمنا رہے ہو، لو پھینکو آخری ہاتھ۔"

(جولیا محل کا پردہ اٹھا کر آتی ہے۔ اس کا لباس بھی اتنا ہی حسین اور دلکش ہے۔ جس قدر وہ خود حسین ہے رخسار اور ہونٹ غازہ کی سرخی سے گلاب کی طرح سرخ ہیں۔ اس کے جسم پر جواہرات جگمگا رہے ہیں)

جولیا: (بالبو کی طرف منہ بنا کر) "لینٹولس سے پانسے پھنکوا رہے ہو اور تمہیں خبر نہیں کہ وہ مجھے ساتھ لے کر اس وقت کلوزیم جانے والا ہے۔ تم کو تو پانسہ پھینکنے کے سوا کوئی کام ہی نہیں اور جب پھینکو گے الٹا۔

بالبو: "بیگم صاحبہ! معاف فرمایئے (منہ بنا کر) مجھے کیا خبر تھی کہ لینٹولس کو ساتھ لے کر آپ تماشہ دیکھنے جا رہی ہیں۔ لے جایئے، لے جایئے (لینٹولس سے) "جایئے جناب، جایئے۔ تشریف لے جایئے۔ مہربان، بیگم صاحبہ کو کلوزیم کا تماشہ دکھانے لے جایئے۔ (ذرا گرم ہو کر) "جاؤ، تم دونوں جاؤ۔ میں کب کہتا ہوں کہ نہ جاؤ۔ ایسے ایسے جاؤ کہ پھر واپس بھی نہ آؤ۔"

جولیا: (جاتے جاتے رک کر) کیا فرمایا۔ مجھ سے پیچھا چھڑانا چاہتے ہو؟ نہیں چاہتے کہ واپس آؤں۔ تو پھر قصہ ختم کرو۔ میرا مہر مجھے دو۔ پورے دو لاکھ جیب سے نکالو۔ میں کب تم جیسے گدھوں کے اصطبل میں رہنا چاہتی ہوں۔ مگر جاؤں گی اپنا مہر لے کر اور تمہاری صورت کو آگ لگا کر۔ (زور سے دروازہ بند کرتی ہے اور محل سے

نکل جاتی ہے)

بالبو: (سخت غصہ کی حالت میں ٹہل رہا ہے اور بڑبڑاتا جاتا ہے) "دیکھوں گا، دیکھوں گا، سمجھوں گا! طلاق لے گی؟ مہر لے گی؟ تو اور تیرا لینٹولس (دروازے کی طرف مکا دکھاتا ہے) لے! مجھ سے اپنا مہر لے اور لینٹولس کی بغل میں چین کر! (آواز دیتا ہے) "گلبا۔ گلبا۔۔۔"

(گلبا داخل ہوتا ہے)

بالبو: جاؤ ان دونوں کے پیچھے جاؤ۔ لوکسٹا کو بلاؤ۔ اس سے کہو کہ جس وقت یہ دونوں واپس آئیں تو ان کے لیے تیز شراب کا ایک آخری جام تیار رہے۔ سمجھ گئے میرا مطلب!"

(گلبا جاتا ہے اور بالبو کمرے میں بڑبڑاتا ٹہل رہا ہے)

بالبو: طلاق، مہر، لینٹولس کی معشوقہ، لوکسٹا کی شراب پی، ایک جام پی لے، میری پیاری بیگم! بیگم صاحب کی عمر کا پیالہ چھلکنا چاہیے۔ آج رات کے کھانے کے بعد، ناہید دیوتا کی قسم میں بغیر جولیا کا مہر ادا کیے انگیر پینا سے شادی کر سکوں گا۔ دیوتاؤں کا صدقہ!"

دوسرا اسین

(محل کے باہر سڑک پر)

لینٹولس: کیوں جان من! وہ حلوہ بھی تیار کر لیا جو آج شب کو بالبو صاحب

نوش فرمائیں گے۔

جولیا: (مسکراکر) نہیں۔ مگر میری کنیز لوکسٹا تیار کر رہی ہے۔ مطمئن رہو۔ وہ اپنے فن کی ماہر ہے۔ ناہید دیوتا کا سایہ ہم دونوں کے سر پر ہے۔ حلوہ بہت میٹھا ہے۔ بہت مزے کا ہو گا۔ میں نے لوکسٹا کو سمجھا دیا ہے کہ شکر زیادہ ڈالے۔

میرے عزیز شوہر حلوہ کھا کر سو رہیں گے! نہ طلاق! نہ مہر! بس لوکسٹا کا حلوہ میرے معزز شوہر کے حلق میں! دیوتاؤں کا صدقہ!"

"پردہ"

***

۵

تین پیسے کی چھوکری

(الف)

آج سے پندرہ سو برس پہلے!

بائی زنطہ کے شاہی سرکر میں، بادشاہ کے وحشی جانوروں کا داروغہ ایک بوڑھا شخص تھا۔ بہت بوڑھا مگر اپنے کام میں بہت ہوشیار۔ اس نے اپنے بوڑھاپے کا سہارا ایک بارہ سالہ چھوکری کو بنالیا تھا۔ جس کو نہ معلوم وہ کہاں سے لایا تھا۔ وہ نہ اس کی بیٹی تھی نہ پوتی، نہ رشتہ دار نہ اس کی ہم وطن لیکن اس نے اس کو منہ بولی بیٹی بنالیا تھا اور بیٹی ہی کی طرح چاہتا تھا۔ کسی کو معلوم نہ تھا کہ اس چھوکری کی قوم کیا ہے۔ اس کا مذہب کیا ہے اور وہ کس طرح بڈھے کے پاس پہنچی۔

بائی زنطہ کے عظیم الشان دارالسلطنت میں شہنشاہ جسٹنین کا پرچم اقبال بلند تھا۔ اس زمانہ کی تہذیب اور بائی زنطی مخلوق کا تمدن، خصوصاً امراء اور عمائدین کی معاشرت، یونان وروما، کی قدیم تہذیب سے بھی دس پانچ قدم آگے تھی۔

شہنشاہ اور اس کے امراو اراکین سلطنت کے اسباب تفریح و تعیش میں سے ایک یہ سرکر بھی تھا جس میں ہزاروں قسم کے وحشی اور جنگلی جانور پالے جاتے تھے۔ ۱۲ برس کی چھوکری کو دنیا میں کوئی کام نہ تھا۔ سوائے اس کے کہ سرکس کے درندوں میں صبح سے شام تک کھیلتی رہتی۔ وہ حسین بھی تھی اور شوخ بھی اور دل اس کا ایسا ہی بے خوب تھا جیسا کہ وحشی درندوں کا۔ اسے معلوم ہی نہ تھا کہ خوف کس چیز کا نام ہے۔ وہ شیروں کی بال پکڑ کر لٹک جاتی تھی اور دوپہر کو کھیلتے کھیلتے اکثر ہاتھی کے پیٹ کے نیچے لیٹ کر سو جاتی تھی۔ اس کی دنیا میں اس کے رفیق اور یار، شیر اور ہاتھی اور ریچھ ہی تھے۔

دن بھر بڈھا سرکس کے جانوروں کی خدمت میں مصروف رہتا اور چھوکری اپنے کھیل میں۔ شام کو وہ دونوں گھر چلے جاتے۔ مگر ایک دن شام کو چھوکری سرکس سے تو چلی گئی۔ لیکن گھر نہ پہنچی۔ رات بھر بڈھا اس کا انتظار کرتا رہا، رات بھر وہ غائب رہی۔ صبح کو وہ ہنستی ہوئی گھر آئی اور بڈھے کے ہاتھ پر تین چمکتی ہوئی اشرفیاں رکھ دیں۔ یہ اس کے حسن کا پہلا سودا تھا۔ یہ اس کی جوانی کا پہلا منافع تھا۔ گزری ہوئی شام اور موجودہ صبح کے درمیان، گزشتہ شب کی تاریکی میں، بڈھے کی چھوکری عورت بن گئی۔

راتوں کو غائب رہنے کا سلسلہ جاری رہا اور سرکس کے درندوں کے ساتھ جو کھیل کود ہوا کرتا تھا۔ وہ اب دوسری قسم کے حیوانوں کے ساتھ کھیلا جانے لگا! یہ

آغاز تھا، ملکہ بازنطہ کی حکومت کا!

تھوڈورا کی جوانی اب ہر طرف سے آنکھوں، نظروں اور دلوں کو کھینچ رہی تھی۔ وہ شاہی سرکس میں ناچا کرتی تھی اور بائی زنطہ کے ہزارہا نظر باز ہر شام کو اس کے حسن کی خاطر سرکس میں جمع ہوا کرتے تھے۔ شاہی دربار کے رکن رکین بشب وجلیس نے تو ایک دن تھوڈورا کو ناچتے ہوئے دیکھ کر بے اختیار کہہ دیا،

"گھانس کا یہ پھدکتا ہوا کیڑا کسی دن سارے بائی زنطہ میں اچھلے گا۔۔۔ دیکھنا!"

لیکن اس وقت بشب کو بھی خبر نہ تھی کہ وہ کیا کہہ رہا ہے۔ ستم ظریف قدرت اس ناچنے والی کو نہ معلوم کہاں سے کہاں تک اچھالنے والی تھی۔

تھوڈورا سرکس کے نظر بازوں سے تھک گئی۔ ایک ہی کھیل کا بار بار کھیلنا اس کو کبھی بھاتا نہ تھا۔ اب وہ منظر عام پر تھرکنے کی بجائے مخصوص خلوتوں میں ایک بلند نشین حسن فروش بن بیٹھی۔ حسن فروشی اس عہد کی تہذیب میں کوئی ایسی معیوب بات نہ تھی بلکہ حسن وہوس کے یہ کھیل تماشے تو بائی زنطی تہذیب کے جزو لازمی تھے۔ امرا طوائفوں کی نگہ التفات کو سرمایہ افتخار سمجھتے تھے اور عوام کی زندگی ان رنگین تتلیوں کے بغیر بے رنگ ہو جاتی تھی۔ حسین تھوڈورا اپنی دوکان حسن کھولتے ہی دلوں کی مالک، آنکھوں کا تارا کلیجوں کی ٹھنڈک اور گھروں کا چراغ بن گئی۔ امرا اس کے سنگِ آستان پر جبین نیاز رکھتے۔ دل چلے سپاہی اور میدانِ جنگ کے سورما اس کے اشارہ ابرو کا انتظار کرتے۔ ان کی خون آشام تلواریں، اس

کے قدموں میں پڑی ٹھوکریں کھایا کرتیں! اہل علم اوراہل مذہب بھی اس دیوی کے استھان پر سر جھکاتے تھے اور سرکس کی ناچنے والی چھوکری بائی زنطہ کی حسن پرست دنیامیں ایک "ملکۂ عالم" تھی۔ کہ اس کا سکہ ہر طرف جاری تھا۔

نوجوان شہنشاہ جسٹینین بارہا اس کو تھیئٹر میں ناچتے، باغوں میں اٹھکیلیاں کرتے اور باسفورس کے ساحل پر ایک ہجوم عاشقاں کے ساتھ چہل پہل کرتے دیکھ چکا تھا۔ اس کے دل میں خلش تھی۔ تیر اپنے نشانہ پر بیٹھ چکا تھا۔

ایک شب شہنشاہ نے اپنے محافظ دستہ کے کپتان کو موتیوں کا ایک بیش قیمت ہار دیکر تھوڈورا کے گھر بھیجا اور پیام دیا کہ وہ شاہی خلوت میں آئے۔ آدھی رات کے قریب شاہی کپتان تھوڈورا کے دروازے پر آیا۔ اس وقت تھوڈورا کی خلوت میں اس کا کوئی چاہنے والا موجود تھا۔ اس نے کپتان کو گھر کے اندر نہ بلایا بلکہ خود دروازے پر آگئی۔ شہنشاہ کا پیام سن کر اس نے کہا،

"شہنشاہ کی یاد فرمائی کا بہت بہت شکریہ، مگر یہ ہار واپس لے جایئے۔ میں بکاؤ نہیں ہوں، شہنشاہ سے کہہ دیجیے کہ اس ہار سے کسی دوسری حسین چھوکری کا حسن خرید لیں۔۔۔ میری قیمت اس ہار سے بہت زیادہ ہے۔"

اب وہ سرکس کی بجائے ایک عظیم الشان سلطنت کے شیر اور ہاتھی سے بے خوف ہو کر کھیل رہی تھی!

اسی شب پھر ایک شاہی مصاحب، شہنشاہ کا پیام، بہت سے تحائف اور اکرام و

الطاف کے بہت سے وعدے لے کر آیا۔ تھوڈورا نے دوسرا پانسہ پھینکا،

"شہنشاہ سے کہہ دیجیے کہ وہ اس کنیز کے طالب ہیں تو اس کے سیاہ خانہ پر تکلیف فرمائیں۔"

بائی زنطہ کے شہنشاہ سے، جس کی خاک پا بادشاہوں اور گردن کشوں کی سجدہ گاہ تھی، یہ گستاخانہ سوال وجواب، موت سے کھیلنا تھا۔ مگر تھوڈورا نے بہت بڑی بازی لگائی تھی۔۔۔

شب کی آخری ساعتوں میں بالآخر شہنشاہ خود اس کے دروازے پر آیا۔ جس وقت وہ اندر داخل ہوا تو اس نے دیکھا کہ تھوڈورا ایک صلیب کے سامنے جھکی ہوئی عبادت میں مشغول ہے۔ بہت دیر بعد اس نے اس طرح کہ وہ گویا کسی دوسرے عالم میں ہے۔ نظر اٹھا کر شہنشاہ کی طرف دیکھا۔

"تم ہی تھوڈورا ہو؟" شہنشاہ نے سوال کیا۔

"ہاں حضور! میرا نام تھوڈورا ہے۔ میں شہنشاہ کے سرکس میں ناچا کرتی تھی۔"

"تم وہی ہے جس کو ہر ملاح تین پیسے میں خرید لیا کرتا ہے؟" شہنشاہ کے تیور بگڑے ہوئے تھے۔

تھوڈورا نے کہا،

"جی ہاں! میں وہی ہوں!"

"پھر تم شہنشاہ کی خلوت میں آنے سے کیوں انکار کرتی ہو؟" اب جسٹینن کا

غصہ تیز ہوتا جاتا تھا۔

"حضور!" تھوڈورا نے دست بستہ عرض کیا۔ "ملاح کے پاس میں اس لیے جاتی ہوں کہ اس کی جیب میں تین ہی پیسے ہوتے ہیں اور وہ سب میں لے لیتی ہوں۔ وہ تین پیسہ دے کر اپنا سارا سرمایہ مجھے دے ڈالتا ہے۔"

"تو کیا تم اپنے چاہنے والوں سے جو کچھ ان کے پاس ہو سب ہی لے لیتی ہو؟"

"ہاں حضور! میں یہی کرتی ہوں اور یہی میری قیمت ہے!"

"تو پھر مجھ سے تم کیا مانگتی ہو؟"

"آپ کا تاج و تخت! اے بائی زنطہ کے شہنشاہ!"

اس طرح چند روز بعد یہ "تین پیسے کی چھوکری" شہنشاہ بائی زنطہ کی مشہور عالم ملکہ تھوڈورا بن کر اس زمانہ کی سب سے بڑی اور عظیم الشان سلطنت کے سیاہ و سفید کی مالک بنی۔

وہ اپنا حسن بیچتے بیچتے ملکہ عالم بنی اور ملکہ عالم بن کر، جب اس کو حسن فروشی کی ضرورت نہ رہی۔ تو اس نے بائی زنطہ کے خوبرو نوجوانوں کی جوانی خریدنا شروع کر دی! اس کی ہوس پرستی کی داستانیں اسی قدر مشہور ہیں جن قدر اس کا حسن۔

(ب)

مسیح کی پیدائش کے پانچ سو برس بعد

بائی زنطہ کے دارالسطنت میں

شہنشاہ جسٹینین اور اس کی عیش پرست ملکہ تھوڈورا کا زمانہ

بائی زنطہ کی شاہراہ پر تماشائیوں کا ہجوم ہے۔ شہنشاہ اور ملکہ عالم کی رعایا سڑک کے دونوں طرف ہزاروں کی تعداد میں جمع ہے۔ یہ وہ سڑک ہے جو شاہی محل ایاصوفیہ کو جاتی ہے۔ دوزویہ سپاہی کھڑی ہیں۔ سپاہیوں کے عقب میں اہل شہر، امراء اور رؤسا سب سب ملکہ عالم کی سواری کے منتظر ہیں۔

ہفتہ میں ایک دفعہ ملکہ تھوڈورا۔ ایاصوفیہ میں عبادت کرنے جایا کرتی ہیں۔ یہ جلوس قابل دید ہوتا ہے۔ ملکہ عالم کے شاندار جلوس کو دیکھنے والے گھنٹوں پہلے سے سڑکوں پر جمع ہوتے ہیں اور دارالسطنت میں ہفتہ کا یہ ایک دن گویا ایک عام یوم تعطیل ہوتا ہے۔۔۔ وہ ملکہ عالم کی عبادت کا دن ہے!

دیگر یا کے محافظ دستہ کا ہراول، سرخ وردیاں پہنے، شاندار گھوڑوں پر سوار، آہستہ آہستہ چلا آتا ہے۔ سواروں کی وردیاں اور ان کے چمکتے ہوئے اسلحہ دھوپ میں اس قدر چمک رہے ہیں کہ دیکھنے والوں کی آنکھیں بند ہو جاتی ہیں۔ اس دستہ کے پیچھے ایک مرصع تخت رواں ہے اور اس تخت رواں پر ایک مطلا شامیانہ کے نیچے ملکہ عالم تشریف رکھتی ہیں۔ تخت رواں کے سامنے امراء اور اراکین سلطنت کی نوجوان اور حسین لڑکیاں ہاتھوں میں پھولوں کے گجرے لیے ہوئے اور آٹھ چھوکریاں ہاتھوں میں چاندی کی گھنٹیاں لیے ہوئے چل رہی ہیں۔ چاندی کی گھنٹیاں تھوڑے تھوڑے وقفہ کے بعد بجائی جاتی ہیں۔ تخت رواں کے سامنے شاہی منصب

وار قرمزی رنگ کا لمبا کپڑا بچھاتے ہوئے آتے ہیں اور ملکہ کی سواری جب اس کپڑے پر گزر جتی ہے تو اس کو لپیٹ لیتے ہیں۔ منصب داروں کی جماعتیں یہ خدمت انجام دیتی آتی ہیں تاکہ ملکہ عالم کے تخت رواں کا سایہ ناپاک زمین پر نہ پڑنے پائے۔

تخت رواں، جواہر اور سونے چاندی کی ضیاکاری کا ایک عجیب و غریب نمونہ ہے۔ اس کی چمک میں سورج کی شعاروں نے گویا آگ لگادی ہے۔ اس طرح بائی زنطہ کی ملکہ، دورویہ خلائق کے سلاٹوں کا جواب سر کے اشارے سے دیتی ہوئی مسیح کی درگاہ میں جارہی ہے۔

سلطنت کے دیہاتی علاقہ کا رہنے والا ایک خوبصورت نوجوان اسیف جو چند روز ہوئے دارالسطنت کی سیر کرنے آیا تھا۔ اس وقت ایک کنویں کی دیوار پر کھڑا ہوا شاہی جلوس کا تماشہ دیکھ رہا ہے۔ اس کے قریب اس کا ایک شہری دوست کھڑا ہے۔ سواری قریب آگئی۔ دفعتاً ملکہ عالم کی نظر اس دیہاتی نوجوان پر پڑی، مگر وہ نہ سمجھا، وہ سمجھا کہ یہ غلط انداز نظر بر سر راہ تھی۔ مگر وہ خوش تھا کہ آج اس نے ملکہ عالم کو اچھی طرح دیکھ لیا۔ بادشاہوں کا دیدار عقید تمند رعایا کے دلوں کو پھول کی طرح کھلا دیتا ہے۔

استیف بیچارے نے اپنی عمر میں پہلے کبھی شاہانہ طنطنہ کا یہ مظاہرہ کب دیکھا تھا۔ وہ اس نظارہ میں محو تھا کہ ملکہ کی سواری بالکل اس کے سامنے آگئی۔ ایک لمحہ

کے ہزارویں حصہ میں اس نے یہ محسوس کیا کہ گویا اس کی نظر ملکہ عالم کی نظر سے ملی ہے۔ گھبرا کر اس نے نظریں نیچی کر لیں۔ اتنی ہی دیر میں سواری آگے نکل گئی۔ استیف کا دل دھڑک رہا تھا، اس کو پسینہ آگیا تھا۔

شاہی سواری کے پیچھے پیچھے ایک منصب دار چاندی کے پھول لٹاتا ہوا جا رہا تھا۔ غریب اور امیر بڑھ بڑھ کر ان پھولوں کو لوٹ رہے تھے۔ جس کے ہاتھ ایک پھول آگیا اس کو گویا بڑی سعادت نصیب ہوئی۔ منصب دار جب بڑھتے بڑھتے استیف کے قریب پہنچا تو اس نے اپنا ہاتھ لوگوں کے اوپر سے استیف کی طرف بڑھایا۔ اس کے ہاتھ میں چاندی کے پھول اور ایک تازہ گلاب تھا۔ استیف نے۔۔۔ جیسے کوئی مخمور ہو یا عالم خواب میں۔۔۔ ہاتھ بڑھا کر گلاب لے لیا، وہ چاہتا تھا کہ کچھ کہے، شکریہ ادا کرے لیکن اتنی ہی دیر میں منصب دار بہت آگے نکل چکا تھا۔

سواری باد بہاری گزر گئی، مجمع منتشر ہو رہا ہے، استیف گلاب کا سرخ پھول ہاتھ میں لیے جا رہا ہے۔ اس کی سمجھ میں نہیں آتا کہ آخر شاہی منصب دار خاص طور پر اس کی طرف کیوں مائل ہوا۔ ہزارہا آدمیوں کے مجمع میں گلاب کا پھول تنہا اسی کو کیوں دیا گیا؟

گلاب بہت بڑا اور بہت خوبصورت تھا۔ وہ اس قسم کا پھول تھا جس کے چند ہی درخت شاہی باغیچے میں تھے اور شاہی باغیچہ کے علاوہ کہیں نہ تھے۔ یہ گلاب بائی زنطہ میں شاہی محل کے علاوہ کہیں میسر نہ آسکتا تھا۔

مجمع سے باہر نکل کر استیف نے بغور اس پھول کو دیکھا۔ اس کی پتیوں کے نیچے ایک پرزہ بندھا ہوا تھا۔ اس پرزہ پر سرخ رنگ سے یہ الفاظ لکھے ہوئے تھے،

"شاہی محل کے جنوبی دروازے پر۔۔۔ آج دس بجے۔۔۔ یہ پھول لے کر آؤ۔۔۔ اس پھول سے تمہاری قسمت کا دروازہ کھلے گا۔

استیف ششدر تھا، وہ کچھ بھی نہ جانتا تھا، کچھ نہ سمجھ سکتا تھا کہ اس واقعہ کے معنی کیا ہیں۔ وہ کیوں محل کے دروازے پر جائے۔ اس کی قسمت کا دروازہ کیونکر کھل سکے گا۔ اس کا دل کہتا تھا،

"جانا چاہیے۔ اگر یہ شاہی اکرام والطاف کا اشارہ ہے تو تیری قسمت جاگ جائے گی۔ کیا معلوم تو شاہی دربار میں منصب دار بنا دیا جائے۔ کیا معلوم تو کیا ہو جائے۔۔۔ جانا چاہیے۔"

عقل کہتی تھی،

"کوئی دھوکہ، کوئی فریب تو نہیں۔ بھلا کہاں ملکہ عالم، کہاں تو غریب دہقانی، منصب دار نے تیرے گنوارپن کا مذاق نہ اڑایا ہو۔ یا کسی دشمن نے تجھے دھوکہ دے کر نہ بلایا ہو۔۔۔"

عقل اور دل کا جھگڑا ختم نہ ہوتا تھا۔ لیکن قدم دل کے فرمانبردار تھے، عقل کا زور ان پر نہ چل سکا۔ وقت مقررہ سے کچھ پہلے ستیف کے قدم بلا ارادہ شاہی محل کی طرف بڑھنے لگے۔ کبھی اپنے دل کی، کبھی اپنی عقل سے الجھتا ہوا وہ چلا جا رہا تھا۔۔۔

دل کہتا،

"تیرا انتظار کیا جارہا ہے۔ قدم بڑھا۔"

عقل کہتی،

"تو بے وقوف ہے، تیرا اور انتظار! دیوانے! سپاہیوں اور دربانوں کی ٹھوکریں کھائے گا!"

جوانی کا خون گرم تھا۔ دل کی حرکت تیز تھی، چہرہ پر سرخی جھلک رہی تھی۔ پیشانی پر پسینہ کے قطرات تھے۔ اس طرح استیف شاہی محل کے دروازہ پر پہنچا۔ اس کو یہ خبر نہ تھی کہ دروازہ مغربی ہے یا مشرقی! وہ بڑھا چلا گیا!

شاہی محافظ کا ایک دستہ بڑے دروازہ میں داخل ہو رہا تھا۔ اس کے قدموں کی آواز و تلواروں کی چمک استیف کو اپنے ساتھ کھینچے ہوئے اندر لے گئی۔ وہ محل کے پہلے بر آمدہ میں داخل ہوا۔ جہاں شاہی دربان مسلحہ کھڑے تھے۔ ایک قوی الحبثہ حبشی بارگاہ کے سراپردے کے پاس ایک برہنہ تیغہ ہاتھ میں لیے کھڑا ہوا تھا۔ استیف نے آگے بڑھ کر سرخ گلاب اس کے سامنے پیش کیا۔۔۔ اس کی سمجھ میں نہ آتا تھا کہ کہے کیا؟

دربان مسکرایا، "بیوقوف آدمی! مجھے کوئی حسین چھوکری سمجھا ہے تو نے؟ گدھا!"

استیف کے بدن میں ان تحقیر آمیز الفاظ نے آگ لگا دی۔ وہ بے اختیار ہو

گیا۔ اسے خبر نہ تھی کہ کس طرح اس نے دربان کے سیاہ تاب گال پر ایک چانٹا مارا!۔۔۔ سارے بر آمدہ میں شور مچ گیا۔ محافظ دستہ کے سپاہیوں نے اپنی تلواروں کے قبضوں سے مار مار کر استیف کو فرش پر گرا دیا۔ چند منٹ میں اس کا خاتمہ ہو جاتا مگر ہنگامہ کی آواز سن کر دربانوں کا داروغہ کمرہ سے نکل آیا۔ اس کو دیکھ کر سپاہیوں نے ہاتھ روکا۔

"ارے تو کون ہے، دہقانی؟" داروغہ نے کہا۔

استیف جھنجھلایا ہوا اٹھا۔ اس کا گلاب زمین پر گر گیا تھا۔ اس کی چند پتیاں منتشر ہو چکی تھیں۔ جھک کر اس نے گلاب کو زمین سے اٹھا لیا اور اٹھا کر داروغہ کے سامنے پیش کر دیا۔

"ہاں!" سرخ گلاب کو دیکھ کر داروغہ مسکرایا۔ "بے وقوف آدمی! اس پھول کو لے کر یہاں کیوں آئے؟"

پھر اس نے مجمع کی طرف دیکھ کر سپاہیوں کو جھڑکا،

"جاؤ اپنا کام کرو، کیا کچھ تماشہ بنایا ہے؟" جب سپاہی ہٹ گئے تو اس نے استیف کے کاندھے پر ہاتھ رکھ کر دبی زبان سے کہا،

"یہ حماقت کی تم نے، اس پھول کو لے کر یہاں گھس پڑے۔ تمہیں جہاں یہ پھول لے کر جانا چاہیے یہ وہ جگہ نہیں۔"

یہ کہہ کر وہ استیف کو اپنے ساتھ ایک دوسرے دروازہ پر لے گیا اور وہاں کے

چوبدار کو آواز دے کر کہا،

"لو یہ ایک بے وقوف پھول والا آیا ہے۔ اس کو اندر پہنچاؤ۔ یہ آدمی ہماری طرف کا نہیں ہے۔ تمہاری طرف کا ہے!"

ملکہ کے چوبدار نے پھول پر نظر کی اور استیف کو پیچھے آنے کا اشارہ کر کے ملکہ کے محل کے دروازے میں داخل ہو گیا۔

آراستہ اور خوبصورت بر آمدوں سے گزر کر۔۔۔ آگے آگے چوبدار اور اس کے پیچھے استیف۔۔۔ دونوں ایک پر فضا باغیچہ میں داخل ہوئے، جس کے وسط میں ایک فوارہ جاری تھا۔ اس کے پانی کی سطح پر سینکڑوں رنگین پھول تیر رہے تھے۔ باغیچہ سے گزر کر ملکہ عالم کی خاص محل سرا تھی۔ محل سرا کے بر آمدوں میں نوعمر اور خوبصورت لڑکے، زرق برق لباس پہنے ہوئے، حسین مامائیں اور باندیاں، خوفناک شکل کے خواجہ سرا اور حبشی غلام جن کے سروں پر زرد پگڑیاں بندھی ہوئی تھیں۔ کچھ بیٹھے کچھ لیٹے کچھ ٹہل رہے تھے۔ کچھ چھوکریاں قدم بڑھائے ادھر ادھر جا رہی تھیں۔ استیف کے دہقانی وضع اور پھر اس کے ہاتھ میں سرخ گلاب کے پھول کر جس نے دیکھا، وہ منھ پھیر کر مسکرا دیا۔ شاہی خواصیں اپنے ہاتھ کے پنکھوں کی آڑ میں ایک دوسرے کو اشارے کر رہی تھیں اور کم عمر لڑکے منہ پر ہاتھ رکھ رکھ کر اپنی ہنسی کو روک رہے تھے۔

استیف کو اپنے گرد و پیش ان حرکات کی کچھ خبر نہ تھی۔ وہ چوبدار کے پیچھے

پیچھے پردہ اٹھا کر شاہی محل سرا کے خاص کمروں میں داخل ہوا۔

ایک مزین کمرہ کے ایک گوشے، میں، ریشم کے قرمزی پردوں کی آڑ میں، بڑے بڑے گدوں اور تکیوں پر ملکہ تھوڈورا آرام فرمارہی تھی۔ ایک رنگین فوارہ کمرے کے وسط میں جاری تھا۔ چھوٹی میزوں پر تازہ پھولوں کی ڈھیریاں رکھی ہوئی تھیں جن کی مہک سے تمام کمرہ معطر تھا۔

کچھ ایسی ہلکی روشنی، ریشمیں پردوں سے چھن چھن کر کمرہ میں آرہی تھی جیسی کہ رات کے ختم ہوتے اور دن کے شروع ہونے کے وقت ہوتی ہے۔۔۔ وہ سب جنت کا ایک تخیل تھا۔ جس کو استیف نے آج اپنی عمر میں پہلی دفعہ اپنی آنکھوں سی دیکھا۔۔۔ ریشم کے پردوں کی آڑ سے اس دھندلی روشنی میں ملکہ نے اشارہ کیا۔ کمرہ کے سکون کامل میں، رومی قالینوں پر استیف کے قدموں کی آواز گم تھی۔ وہ ادب کے ساتھ آگے بڑھا اور اس نے ملکہ عالم تھوڈورا کا آغوش محبت اپنے لیے کھلا ہوا پایا!

"تمہارے جانے کا وقت آگیا۔" نظریں نیچی کئے ہوئے ملکہ نے فرمایا۔

استیف کے جسم میں ایک عجیب لرزش، ایک عجیب سنسناہٹ تھی۔ جو آج سے پہلے اس نے کبھی محسوس نہ کی تھی۔

وہ ابھی تک ملکہ کے آغوش کی مستیوں سے مخمور تھا۔ اس کا دل دھڑک رہا تھا۔ جب اس نے کہا،

"کیا پھر کبھی ملاقات نصیب ہو گی؟"

ملکہ مسکرائی! استیف اپنے سوال کے جواب کا منتظر تھا کہ یکایک وہی خواجہ سرا جو اس کو اندر لایا تھا، کمرہ میں داخل ہوا۔ استیف چونکا۔ اس کو محبت کی خلوت میں خواجہ سرا کی یہ دراندازی ناگوار گزری۔ گویا یہ سیاہ فام حبشی اسکی اس نئی محبت کے راز کو فاش کیے دیتا ہے۔ لیکن ملکہ سے اپنے سوال کا جواب نہ پاکر وہ یک گونہ مایوس ہو اور سر جھکائے دروازے کی طرف ہٹنے لگا۔ ملکہ کے ہونٹ ہلتے دیکھ کر وہ پھر ذرا رکا۔

"استیف کل پھر آؤ۔"

ملکہ کے شیریں لبوں سے یہ شیریں پیام الفت کس قدر روح پرور اور دل نواز معلوم ہوا۔

اس دھندلی روشنی میں ملکہ۔۔۔ نہ جانے کس طرح۔۔۔ اس کمرے سے جا چکی تھی۔ استیف نے اس کو جاتے نہ دیکھا۔ لیکن اس کی جگہ خالی تھی اور استیف "وعدہ فراد" کی مسرتوں سے جھومتا ہوا دروازے کی طرف بڑھا۔ اس کے اور دروازے کے درمیان چند قدم باقی تھے کہ ایک حبشی غلام کی نوک دار چھری اس کی پشت پر چمکی اور چشم وزن میں اس کی پشت کی طرف سے سینہ کے پار ہو گئی۔ وہ صرف ایک ہچکی لے کر دروازے کے سامنے فرش پر اوندھا گر گیا۔

غلام نے چند لمحے اپنی چھری کو اس کے گرم جسم میں آرام لینے دیا۔ اس کے

بعد اس کے خون آلود پھل کو باہر کھینچ لیا۔ استیف کے سر کے لمبے بالوں سے اس حبشی نے اپنی چھری کا خون صاف کیا۔ پھر لاش کی ٹانگ پکڑ کر اس کو کھینچتا ہوا کمرہ کے باہر لے گیا۔ اس کمرے کے فرش پر، جہاں استیف نے ایک لمحہ کے لیے تھوڈورا کے آغوش میں محبت کی ایک بازی لگائی تھی۔ سرخ گلاب کی پتیاں بکھری ہوئی رہ گئیں اور ان پتیوں میں سے ایک پر استیف کی جوانی کے گرم خون کا صرف ایک قطرہ جما ہوا رہ گیا۔

اسی شام کو جب چند ملاح اپنی کشتیاں ساحل کی طرف لا رہے تھے۔ شاہی محل کے چور دروازے سے باسفورس کے پانی میں ایک سربند تھیلا، جو خون آلود بھی تھا، پھینکا گیا۔

ملاحوں نے دیکھا اور اپنے پتوار تیزی سے چلانے لگے۔ ان کے لیے اس قسم کے تھیلے کوئی نئی چیز نہ تھے۔ ہر روز صبح شام وہ دیکھا کرتے تھے کہ شاہی محل سے باسفورس کی بھوکی مچھلیوں کی یہ مخصوص غذا پانی پر پھینکی جاتی ہے۔ ان کو یہ بھی معلوم تھا اور بائی زنطہ میں کس کو معلوم نہ تھا کہ رحم دل ملکہ عالم "حسن کی دعوت" کے بعد باسفورس کی مچھلیوں کے لیے اپنے حسن کے دسترخوان سے تازہ غذائیں پہنچایا کرتی ہیں!

***

۶

وہ میرا انتظار کر رہی ہے

زندگی کے پر شور دریا میں، رات کے وقت، کتنے دیے بہے چلے جاتے ہیں۔ حیات انسانی کے کوہساروں میں کتنے جگنو چمکتے ہیں۔ اور پھر ان کو ظلمت شب اپنی چادر میں لپیٹ کر نہ جانے کہاں لے جاتی ہیں؟ آسمان پر کتنی بجلیاں چمکتی ہیں اور پھر کالے بادلوں میں منہ چھپا لیتی ہیں۔ بادل کی گود سے ہزار مرتبہ نکلتی ہیں اور پھر اسی میں جا کر چھپ جاتی ہیں۔

یہ آٹھ پہر کی داستان ہے۔ گوش ہوش سنتا ہے۔ اور چشم عبرت دیکھتی ہے۔ ظاہر کی تشریح بیکار اور عیاں کا بیان فضول، پھر کیجیے کیا کہ دل کے زخموں کا لطف کریدنے سے دونا ہوتا ہے۔ مسکین فاختہ اپنے زخم کو اپنے پردوں سے چھپا لیتی ہے۔ مگر انسان زخم کو کرید تا رہتا ہے کہ کہیں خلش کم نہ ہو جائے۔ خون نہ رک جائے۔

اس کے زخم کی جان بہتا ہوا گرم خون اور دکھتا ہوا جسم ہے۔ گرم خون اگر نہ بہے تو تالاب کے پانی کی طرح میلا اور ناپاک ہوتا ہے۔ جسم اگر دکھے نہیں تو وہ کچھ

بھی نہیں۔ خاک ہے۔ مضر حرکت کا نام ہے۔ اور حضرت موت ہے۔ زندگی زخم ہے اور موت اس کا اندمال!

پس میری آنکھوں سے دیکھو کہ میرا سفر خارِ مغیلاں کے بغیر بے لطف رہتا اور میری منزل درد کی تڑپ اور زخموں کے بغیر سونی اور ویران۔

چمن کی کیاریوں میں جب نسیم شمالی آتی ہے تو اس کے جھونکے بند کلیوں کو کھلا دیتے ہیں۔ مگر جو پھول کھل جاتے ہیں ان کی پتیوں کو ہر طرف بکھیر دیتے ہیں۔

میرے مرجھائے ہوئے پھولوں کی کیاریوں میں جب کبھی کوئی جھونکا آتا ہے تو وہ دو چار پتیاں اڑا کر لے جاتا ہے۔ پتیاں خشک ہو جاتی ہیں۔ مگر بے رنگ نہیں ہوتیں۔ ان کا اجڑا ہوا رنگ بھی دورِ بہار کی ایک داستان بیان کرتا ہے۔

ہاں! ان خشک پتیوں کی داستان خشک نہیں ہے۔ آبشار کی ملکہ سے پوچھو وہ میری داستان کی تصویق کرے گی۔ میری داستان اسی کی داستان ہے۔ کیا وہ بھول گئی ہو گی؟ ایک شعاع نور تھی کہ فضائے بسیط میں چمکی۔ اور اپنے ہی نور میں محو ہو گئی۔ زندگی کا ایک ہلکا نغمہ تھا کہ ہوا کا ایک جھونکا اس کو کہیں سے لایا اور لے گیا۔

ایک ننھی کلی تھی کہ پھول بنی اور بن کر مرجھا گئی۔ یا ستارہ امید تھا کہ چند لمحوں کے لیے اپنی خنک روشنی سے دنیا کو منور کر کے رخصت ہو گیا۔۔ تھا کیا؟ مجھ سے نہ پوچھو، میں جانتا ہوں، مگر بتاؤں گا نہیں! ہاں نہیں بتاؤں گا! اور کیونکر بتاؤں کہ بتا سکتا نہیں، اگر کوئی شخص آنکھ کے نور اور روح کی گہرائی کو چھو سکتا ہو تو صرف

وہی اس شعاع نور، اس نغمہ حیات، اس شمارہ امید کی حقیقت سے بھی آشنا ہونے کا دعوی کرے۔

میں نے ایک خواب دیکھا تھا۔ اور زندگی میں میرا وہ شاید پہلا اور آخری خواب تھا۔ میں نے دیکا کہ آسمان پر ستارے رقص کر رہے ہیں۔ ماہتاب کی شعاعیں کانپ رہی ہیں۔ چادر ماہتاب کبھی ایسی خنک اور جاں بخش نہ تھی جیسی کہ اس شب کو ماہتاب کی ایک کرن پر جو آسمان سے زمین کی طرف پھیلی ہوئی تھی، اس طرح جیسے دوتارہ کے تار پر موسیقی، میں نے اس کو کھلتے ہوئے پایا۔ زمین سے آسمان تک ایک عالم لاہوتی تھا۔ اور اس فضا میں زندگی کا ایک چشمہ ابل رہا تھا۔ اس چشمہ کے آبشار ہنستے ہوئے پھولوں اور مسکراتی ہوئی کلیوں کے انبوہ میں اس طرح گر رہے تھے کہ گویا بے تابانہ لوٹ رہے ہیں۔ نور کی ان موجوں میں بہت سی سرخ اور سبز مچھلیاں تیر رہی تھیں۔ کھیل رہی تھیں۔ رقص کر رہی تھیں۔ مگر ایک زمردیں مچھلی ان سب کے درمیان تھی۔ جو نہ کھیلتی تھی نہ رقص کرتی تھی۔ اس کے سر پر ایک درِشاہوار تھا۔ کہ اس کا مثل میں نے کبھی نہ دیکھا تھا۔ آبشار کی روانی کے ساتھ یہ ماہی زمردیں ایک عالم استغراق میں کچھ کھوئی ہوئی، بھولی ہوئی، پھولوں اور کلیوں میں الجھ الجھ کر پیچھے ہٹتی اور پھر آگے بڑھتی تھی۔ آگے نکل کر پھر پیچھے ہٹتی تھی۔ پھر آگے جاتی تھی۔ ہر شاخ گل سے الجھتی تھی۔ ہر پھول کو مس کرتی تھی۔ اور گویا مایوس ہو کر کبھی آگے بڑھ جاتی تھی۔ کبھی پیچھے ہٹ آتی تھی۔ وہ اس عالمرنگ وبو

میں سب سے علیحدہ اور سب کے ساتھ تھی۔

میری نظروں میں طاقت نہ تھی کہ اس کا راستہ روکیں۔ میں نے ہاتھ بڑھایا! انسان کا خود غرض ہاتھ!! جو پھولوں اور کلیوں کو صرف اس لیے مسلتا ہے کہ ان کا مسلنا ان کی حیوانیت کے لیے تسکین بخش ہے۔ رنگ و بو کو رنگ و بو کی خاطر وہ پسند نہیں کرتا۔ اس کو تو محض اپنے نفس کی 'طلب' کے آگے برھا کر پھولوں کے توڑنے اور سبزہ کے مسلنے پر آمادہ کرتی ہے۔

میرا خود غرض ہاتھ پانچ انگلیوں کا جال لے کر بڑھا:

پھولوں کے جھمگٹے میں ابھی اس ماہئی زمردیں نے شاید دو چار ہی چکر لگائے تھے کہ میرا ہاتھ اس کی کمر تک پہنچا۔ اور وہ شاید نہ پہنچ سکتا۔ اگر میں خود تا بہ کمر پانی میں نہ پہنچ گیا ہوتا۔

پھول میرے جسم کو مس کر رہے تھے، کلیاں مجھے گدگدا رہی تھیں۔ پر میں دیوانہ وار اس سبز پوش پر دست ہوس دراز کر رہا تھا۔ یہ تو میں نہ کہوں گا کہ تصور تنہا میرا ہی تھا۔ اس لیے کہ اگر میں نے ہاتھ بڑھایا تھا تو کچھ کشش اس کی طرف سے بھی تھی۔ اس کے زمردیں لباس اور اس کے حسن تمام نے یہی میرے دست طلب کے ساتھ سازش کی تھی! اور شاید آبشار کے ان شریر پھولوں نے بھی مجھے اشتعال دلایا تھا۔ بہر حال میرا گناہ آلودہ ہاتھ، جو خدا جانے کتنے پھول مسل چکا تھا۔ پانی کی اس ملکہ تک پہنچا اور میں نے سمجھا کہ پانی کی اب تمام شہنشاہی میرے ہی لیے

ہے۔۔۔ لیکن شاید دست طلب کی صرف ایک انگلی سے میں نے اس جسد زمردیں کو چھوا ہوگا کہ ایک بجلی میری آنکھوں کے سامنے چمکی اور جب میری آنکھ کھلی تو میں نے دیکھا کہ آبشار زندگی کی وہ کجکلاہ ایک شعاعِ نور بن کر سطح آپ سے نکلی۔ بہ یک آن واحد چمک کر اٹھی اور میری آنکھوں کے سامنے سے گزر کر ماہتاب کے ہالہ میں جا بیٹھی۔۔۔ آج تک میں اس کو اپنے تخت آسمانی پر متمکن دیکھتا ہوں اور پچھتاتا ہوں کہ میں نے اس کو چھوا کیوں تھا!

صبح کو جب کہ ہنوز دامنِ مشرق چاک نہیں ہوا تھا۔ میں اس آسمان کی ملکہ کو خاموش آسمانوں پر صبح کاذب کی روشنی میں جھلملاتے دیکھتا ہوں۔ شب کو بھی میری نظر اسی ستارۂ امید پر جمی ہوتی ہے۔ جس کی خنک شعاعیں اپنا پیام لے کر رات بھر میرے پاس آتی رہتی ہیں۔ اور میرے پیام لے کر آبشار کی اسی زردیں ملکہ تک واپس جاتی ہیں جو اپنے آسمانی مسکن میں نور کا لباس پہنے بیٹھی ہے۔

میں جانتا ہوں کہ وہ میرا انتظار کر رہی ہے! پس جس دن میرا یہ جسدِ خاکی سپرد خاک ہوگا۔ اس دن تم اس ستارے کے چاروں طرف ایک ہالہ دیکھو گے۔۔۔ وہ ہالہ میری روح ہوگی!

***

۷

ہر جائی

مشرب رندانہ، مزاج محرور، طبیعت آزاد، عقائد لامذہبی کی طرف مائل اور پیشہ اخبار نویسی۔ جنگ یورپ شروع ہو چکی تھی۔ میرا اخبار بمبئی سے شائع ہوتا تھا۔ اور اس زمانہ میں بہت مقبول تھا۔ حکومت کی ٹیڑھی نظریں مجھ پر پڑ رہی تھیں۔ میں بھی چھیڑ سے باز نہ آتا، اور کچھ نہیں تو میدان جنگ کی خبروں پر سرخیاں ایسی ہی لکھتا تھا جیسے سانپ بچھوؤں کے ڈنک اتحادیوں کی فتح کو بھی شکست بنا دیتا تھا اور دشمن کی شکست بھی میرے اخبار کے کالموں میں "شاندار مدافعت" کے نام سے یاد کی جاتی تھی!۔۔۔ پھر کیا تعجب ہے کہ حکومت مجھ سے حد درجہ ناخوش تھی۔

غضب یہ ہوا کہ اسی زمانہ میں افغانستان کی طرف سے خطرات پیدا ہونے لگے۔ افغانوں سے میرے تعلقات وسیع تھے لہٰذا اب تو خفیہ پولیس کی نگرانی مجھ پر اتنی سخت ہوگئی کہ اگر گھر میں بیٹھ کر روٹی بھی کھاتا تو نوالوں کی صحیح تعداد پولیس کے رجسٹر میں درج ہو جاتی تھی!۔۔۔ یہ اس زمانہ کا واقعہ ہے۔

میرا معمول یہ تھا کہ ہر شنبہ کی شام کو چند دوستوں کے ساتھ شہر کے باہر ایک لکھ پتی دوست کے باغ کی صحبت عیش میں شریک ہوا کرتا تھا، یک شنبہ کا پورا یوم تعطیل وہیں گذرتا تھا، دوشنبہ کی صبح کو میں شہر واپس آتا تھا۔ یہ باغ ایک نوجوان بوہرے سوداگر کا تھا اور اس صحبت احباب میں میرے ایک خاص ہم نفس کلکتہ کے ایک نوجوان بیرسٹر تھے جو اب ایک بڑے عہدے پر فائز ہیں۔ ہر ہفتہ کم از کم ۲۴ گھنٹہ، اس طرح بسر ہوتے کہ کچھ موسیقی کا شغل ہے کچھ لطیف اغذیہ ہیں اگر چاندنی رات ہے تو باغ کے وسط میں مرمریں حوض کا کنارہ ہے، کبھی قوالی ہے، کبھی ناچ اور گانا ہے، ہو حق ہے اور اس کے تمام یا اکثر محقات!!

اس طرح شنبہ کی شام کو ایک دفعہ ہم سب وہاں گئے، یک شنبہ کو دن بھر شطرنج اور تاش کا شغل ہوتا رہا، رات کو ایک مشہور مغنیہ نے اس محفل کو اپنی موجودگی سے نوازا، دو بجے تک گانا ہوتا رہا جوانوں کی محفل میں اگر شام سے صبح تک طبلہ نہ کھڑکے تو پھر وہ محفل ننگ جوانی ہے!! مگر "بی صاحبہ" تھکی ہوئی تھیں، دو ہی بجے گھر چلی گئیں۔ کچھ دیر تو ہم سب لب حوض پڑے ہوئے خود ہی گایا بجایا کیے اس کے بعد جوانی پر نیند غالب آئی، صبح سب کو شہر واپس جانا تھا، اس لیے اپنے اپنے بستر پر جا پڑے۔۔۔

اکی چھوٹا سا پہلو کا کمرہ تھا، جس میں دو بستر لگے ہوئے تھے، ایک پر میں اور ایک پر میرے دوست بیرسٹر صاحب، موسم قدرے گرم تھا اس لیے کمرہ کا دروازہ

کھلا چھوڑ دیا گیا۔ لیمپ کی بتی نیچی کر کے اس کو فرش پر رکھ دیا، ہم دونوں سو گئے!۔۔۔

صبح کو تین اور چار بجے کے درمیان میری آنکھ دفعتاً کھلی اور یہ محسوس ہوا کہ گویا کوئی تیسرا شخص کمرہ میں داخل ہوا ہے۔ صبح کاذب کی روشنی کمرے میں لیمپ کی دھیمی روشنی سے مل کر ایک عجب قسم کا غیر قدرتی نور پیدا کر رہی ہو۔۔۔ میں نے دیکھا کہ بالکل سفید۔۔۔ از سر تاپا۔۔۔ لباس پہنے کوئی صاحب کمرہ کے اندر داخل ہو رہے ہیں، وہ آہستہ آہستہ میرے پلنگ کی طرف بڑھتے آتے تھے۔ ان کا حلیہ اور ان کی وضع قطع ذہن نشین کر لیجئے۔

لمبی اور گھنی داڑھی۔۔۔ سفید براق۔۔۔چہرہ نہایت نورانی۔۔۔ سرخ وسفید۔۔۔چہرہ کا انداز مغلئی۔۔۔ سفید لانبا کرتا، کمر سے ایک سفید پٹکا بندھا ہوا۔۔۔ سفید شلوار، پاؤں میں۔۔۔ مجھے یاد نہیں کہ کس رنگ کا۔۔۔ پنجابی جوتا۔۔۔ قد میانہ بلکہ میانہ سے بھی کچھ کم۔۔۔ اس وضع قطع کا انسان۔۔۔ بالکل خواجہ خضر!۔۔۔ اور پھر ہمارے گھر میں!! ہمارے تمام تخیلات سے کس قدر دور اور بعید تھا!۔۔۔ میں ذرا چونکا اور ایک لمحہ ان کو اپنی طرف بڑھتے دیکھا رہا، پھر ذرا گھبرایا اور گھبرا کر چلایا، "کون ہے؟ کون ہے؟" اتنے زور سے میری آواز بلند ہوئی کہ کمرہ گونج گیا اور برابر پلنگ پر نوجوان بیرسٹر صاحب گھبرا کر اٹھ بیٹھے۔ "کیا ہے؟ خیریت تو ہے؟" انہوں نے اپنی آنکھیں ملتے ہوئے مجھ سے سوال کیا۔۔۔ اس

سوال و جواب میں دو منٹ بھی بہ مشکل صرف ہوئے ہوں گے لیکن وہ سفید پوش پیر مرد جہاں کھڑے تھے وہیں غائب ہوگئے۔ میں نے نہیں دیکھا کہ وہ کب گئے، کدھر گئے، کیونکر گئے۔ بہر حال ایک عکس کی طرح وہ میری نظروں سے غائب ہو گئے۔ میں نے جب یہ ماجرا نوجوان بیرسٹر صاحب سے کہا تو وہ جھنجھلا گئے۔

"لاحول ولا قوۃ، نیند خراب کر ڈالی، جب ہی تو تم سے کہتا ہوں کہ ذرا کم کھایا کرو، اناڑی کی بندوق کی طرح پیٹ بھر لیتے ہو، بدخوابی ہوتی ہے تو دوسروں کو بھی بے آرام کرتے ہو!"

میں نے جب اصرار کیا کہ میری نظر نے دھوکہ نہیں کھایا تو وہ اور بگڑے:۔

"کہیں تمہارے دادا صاحب تو قبر سے اٹھ کر تشریف نہ لائے ہوں! پوتے کے دیدار کے لیے ترس رہے ہوں گے بچارے! خدا جانے کہاں کہاں ڈھونڈ کر یہاں تک پہنچے۔۔۔ جاؤ دیکھو باہر باغ میں نے رہے ہوں!!!"

میں نے پھر کچھ کہنا چاہا تو انہوں نے زانو کا ایک تکیہ نکال کر میرے سر پر مارا "الو!!" اور یہ کہہ کر کروٹ لے لی۔

صبح کو ہم لوگ شہر آ گئے، میں دس بجے اپنے دفتر میں آیا۔ یہ وقت میری، تنہائی مصروفیت کا وقت ہوتا تھا اس لیے کہ ۱۲ بجے اخبار کی آخری کاپی پریس کو جاتی تھی۔ لہٰذا دفتر کے اہلکاروں کو عام ہدایت تھی کہ کوئی بھی مجھ سے ملنے آئے، میرے کمرہ میں نہ بھیجا جائے۔۔۔ ۱۱ بج چکے تھے اور ابھی مجھے ایک ضروری نوٹ

لکھنا باقی تھا کہ چپراسی نے اندر آکر اطلاع دی کہ کوئی صاحب ملنا چاہتے ہیں۔ میں نے اس کو جھڑکا:

"تمہیں معلوم نہیں کہ میں اس وقت کسی سے نہیں مل سکتا؟"

چپراسی نے عذر کیا کہ باوجود منع کر دینے کے وہ صاحب ملاقات پر مصر ہیں۔ بہت ہی جھلا کر میں نے کہا اچھا بلاؤ۔۔۔ دروازہ کا پردہ اٹھا اور کیا دیکھتا ہوں کہ وہی رات والے "خواجہ خضر" مسکراتے ہوئے تشریف لا رہے ہیں۔۔۔ بیک لمحہ میں غرق حیرت ہو کر بدحواس ہو گیا، پھر گھبرا کر کھڑا ہو گیا۔ "آیئے، آیئے، تشریف لایئے" میں نے بہت ہی ذوق و شوق کے ساتھ ان کا خیر مقدم کیا۔

"معاف کیجئے میں اس وقت حرج کار کرنا نہیں چاہتا۔ مجھے معلوم ہے کہ آپ بہت مصروف ہیں، صرف یہ بتادیجئے کہ مکان پر آپ سے کب اور کس وقت ملاقات ہو سکے گی، تخلیہ میں کچھ گفتگو کرنا چاہتا ہوں"۔ انہوں نے بہت آہستہ آہستہ اور نہایت سنجیدگی اور متانت کے ساتھ یہ الفاظ ادا کئے مگر میں تو اب ان سے باتیں کرنے کے لیے بے تاب تھا۔ "نہیں صاحب! مجھے فرصت ہے، تشریف تو رکھئے" میں نے کہا۔ انہوں نے فرمایا "جی نہیں، اس وقت تو میں نہ ٹھہروں گا صرف ملاقات کا وقت مقرر کرنے آیا تھا۔"

غرض یہ کہ تقریباً پانچ منٹ تک میری طرف سے اصرار اور ان کی طرف سے انکار ہوتا رہا۔ بالآخر طے یہ ہوا کہ وہ بعد مغرب میرے مکان پر تشریف

لائیں۔۔۔

اس دن بعد مغرب میری بے چینی اور بے تابی انتظار نا قابل بیان تھی۔ سات بجے، آٹھ بجے، نو بجے، دس بج گئے، دروازے پر کھٹکا ہوتا تھا تو میں اوپر کی منزل سے سڑک تک دوڑتا ہوا آتا تھا۔ ایک دفعہ، دو دفعہ، شاید دس دفعہ اسی طرح اوپر کی منزل سے اترا اور چڑھا!! کبھی اخبار اٹھا کر پڑھنے لگتا۔ کبھی کوئی کتاب اٹھائی، کبھی کمرہ میں ٹہلنے لگتا۔ آنکھیں دریچہ کے باہر، کان آواز پر لگے ہوئے۔۔۔ رات کے ۱۲ بج گئے مگر وہ نہ آئے! مایوس ہو کر بستر پر لیٹ گیا، پھر بھی نوکروں سے کہہ دیا کہ دروازہ کا خیال رکھیں کوئی آواز دے تو فوراً کھول دیں۔۔۔

ساری رات گزر گئی، وہ نہ آئے، صبح کو میں دفتر میں گیا۔ یہ امید تھی کہ شاید دفتر میں پھر تشریف لائیں۔ دن بھر انتظار کے پیچ و تاب میں دل لگا کر کام بھی نہ کر سکا۔۔۔ لیکن وہ نہ آئے! پھر شام کو گھر پر انتظار رہا، ایک دوست کے یہاں جا کر کھانا کھانے کا وعدہ کر چکا تھا، مگر معذرت کہلا بھیجی، دو چار بے فکرے ہی ہی ہاہا کرنے کے لیے آئے، ان کو ٹال دیا۔ لیکن وہ حضرت پھر بھی نہ آئے!۔۔۔ دو تین چار اسی طرح دس پندرہ دن گذر گئے۔ پیشہ کے کاموں اور یاروں کی صحبت میں بڑے میاں کا تصور دھندلا ہو چلا۔۔۔ دس پانچ دن میں بالکل ہی بھول جاتا اگر ایک عجیب تر واقعہ پیش نہ آجاتا۔ جس نے اس معمہ کو اور بھی زیادہ الجھا دیا۔۔۔

دس پندرہ دن بعد، ایک روز شام کو میں اپنے دو ہم پیشہ دوستوں سے ملنے گیا۔

ایک ان میں سے بمبئی کے بہت مشہوراور مقدس "حضرت مولانا" اور "پیرومرشد" تھے۔ اور دوسرے ایک جدید قسم کے ایڈیٹر۔ میں جب ان "حضرت مولانا" کے مکان پر پہنچا تو وہ دوسرے دوست بھی وہاں موجود تھے۔۔۔

ادھر ادھر کی باتیں ہوتی رہیں، ہوتے ہوتے کچھ روحانیت کا تذکرہ چھڑ گیا، باتوں باتوں میں مجھے وہ باغ والا واقعہ یاد آگیا میں نے کہا "آپ دونوں صاحبوں کو ایک عجیب واقعہ سناتا ہوں ایک عجیب واردات ہے مگر مجھ پر ہنسیے گا نہیں، واقعہ بالکل سچا ہے، دماغ میرا بالکل صحیح ہے۔۔۔" اس تمہید کے ساتھ میں نے وہ واقعہ بیان کرنا شروع کر دیا۔ جب میں نے صبح کے قریب پیر مرد کا کمرہ میں آنا بیان کیا تو ایڈیٹر صاحب نے قطع کلام کر کے مجھ سے سوال کیا۔

"بتائے، کس دن اور کس وقت، ٹھیک بتایئے"۔

میں نے ان کو دن اور وقت بتایا اور پھر اپنا قصہ شروع کیا، پیر مرد کا غائب ہو جانا، صبح کو دفتر میں آنا پھر شام کو آنے کا وعدہ کر کے جانا اور پھر کبھی نہ آنا۔ جب میں یہ قصہ بیان کر رہا تھا تو دیکھ رہا تھا کہ وہ دونوں صاحب حیران ہو ہو کر ایک دوسرے کی صورت دیکھتے جاتے ہیں اور ان دونوں کے درمیان آنکھوں ہی آنکھوں میں کچھ اشارے بھی ہوتے جاتے ہیں۔

"کس وقت وہ دفتر میں آئے تھے اور کیا گفتگو کی تھی انہوں نے؟ ذرا مفصل فرمایئے"۔ حضرت مولانا نے سوال کیا۔ میں نے وقت بھی بتا دیا اور لفظ بہ لفظ گفتگو

بھی دہرادی۔

"ذراان کا حلیہ تو پھر بیان کیجئے"۔ ایڈیٹر صاحب نے فرمائش کی۔

میں نے حلیہ بھی مفصل دہرایا۔

"کیا سمجھے آپ"۔ مولانا نے ایڈیٹر صاحب سے مخاطب ہو کر کہا۔

"آپ کیا سمجھے ؟" ایڈیٹر صاحب نے مولانا سے مخاطب ہو کر کہا۔

"عجیب !" مولانا نے فرمایا۔

"عجیب ؟" ایڈیٹر صاحب نے فرمایا۔

میں حیران ہو کر دونوں کا منہ تک رہا تھا، اور سوچ رہا تھا کہ اگر مجھے شب میں بد ہضمی کی وجہ سے خلل دماغ کا دورہ ہوتا ہے تو ان دونوں کو دن میں بھی یہ شکایت لاحق ہو جاتی ہے !!۔۔۔

میں نے کہا" کچھ تو فرمایئے، یہ اشارے کنائے کیسے ؟"

"کہہ دو !" مولانا نے ایڈیٹر صاحب سے کہا۔

"کہہ دوں ؟" ایڈیٹر صاحب نے مولانا کو جواب دیا۔

ایڈیٹر صاحب سنبھل بیٹھے، انہوں نے کہا" سنیئے جناب یہ عجیب وغریب واقعہ ہے۔ جو واقعہ آپ نے سنایا بالکل یہی واقعہ مجھ پر گذر چکا ہے، مگر سب سے زیادہ حیرت انگیز بات یہ ہے کہ میرے پاس بھی وہ پیر مرد ٹھیک اسی شب میں اسی وقت آئے تھے جس وقت وہ آپ کے پاس آئے تھے، اور پھر اسی طرح کمرہ کے اندر

داخل ہوتے ہی ہوتے غائب بھی ہو گئے تھے۔۔۔ مگر عجیب تر جو بات ہے وہ یہ ہے کہ صبح کو بھی وہ میرے دفتر میں ٹھیک اسی وقت اور اسی طرح آپ کے دفتر میں، وہی باتیں جو انہوں نے مجھ سے کیں جو آپ سے کیں، اسی طرح مجھ سے وقت مقرر کرا کے گئے جس طرح آپ سے۔۔۔ اور یہ توارد تو دیکھئے کہ میں نے بھی اسی دن وہی وقت مقرر کیا جو آپ نے مقرر کیا تھا۔۔۔ مگر وہ پھر آج تک ٹوٹ کو نہ آئے جس طرح آپ منتظر ہیں میں بھی سراپا انتظار ہوں!۔۔۔ اتنا کہہ کر ایڈیٹر صاحب نے رومال سے چہرہ کا پسینہ خشک کیا پھر فرمانے لگے:۔

"یہ واقعہ دوسرے ہی دن میں نے مولانا سے بیان کر دیا تھا۔۔۔ پوچھیے مولانا سے۔۔۔ میرے آپ کے درمیان ایک خفیف جزو کا بھی کوئی اختلاف نہیں!۔۔۔ عجیب، عجیب!!

ہم تینوں بہت دیر تک خاموش بیٹھے رہے۔۔۔۔

میں نے کہا "تصور اور توہم کے توارد کی یہ ایک عجیب مثال ہے"۔

"تصور اور توہم؟" مولانا نے تعجب کے لہجہ میں فرمایا۔

"تصور اور توہم! آپ اس واقعہ کو تصور اور توہم سمجھ رہے ہیں۔ نہیں صاحب! نہیں! نہ یہ تصور ہے اور نہ توہم نہ توارد! روحانیت کی ایک ماورائے عقل و فہم کار فرمائی ہے! آپ تو مادہ پرست ہیں روح کے ان معجزات اور تصرفات کو کیا خاک

سمجھیں گے، لیکن آپ کو قائل ہو جانا چاہیے۔۔۔ اب تو قائل ہو جانا ہی چاہئے کہ اس عالم ظاہر کے علاوہ کوئی باطن بھی ہے جہاں ایسی باتیں بالکل ناممکن ہیں۔۔۔"

میں نے کہا "مولانا! دماغ کے اندرونی دنیا میں ایسے عجائبات کا ظہور ناممکن نہیں۔ اس علم کے ماہرین، اس قسم کے واقعات پر بہت کچھ لکھ چکے ہیں۔۔۔"

"خدا کے لیے حضرت!" مولانا نے بگڑ کر فرمایا۔۔ "ماہرین اور مبصرین کا ذکر چھوڑیئے۔ ان کم بختوں نے زندگی تلخ کر دی ہے، روز کلیات قائم کرتے ہیں، روز ان کو توڑتے ہیں، دیواریں بناتے ہیں اور گراتے ہیں۔ عقل کے چکر نے ان کو گھن چکر بنا دیا ہے۔ "روحانیت" کی لطیف دنیا میں جو کچھ ہوا کرتا ہے اور ہو سکتا ہے اس کو یہ احمق کیا جانیں۔۔۔"

میں نے کہا "خاک ڈالیے اس بحث پر، مگر یہ تو بتایئے کہ وہ خواجہ خضر جنہوں نے مجھے بھی سونے سے جگایا اور ایڈیٹر صاحب کو بھی بیک وقت۔۔۔ حالانکہ میں اور ایڈیٹر صاحب اس وقت ایک دوسرے سے کم از کم ۱۵ میل کے فاصلہ پر سو رہے تھے۔۔۔ اور پھر وہ دن میں بھی بیک وقت دونوں کے پاس آئے تھے، کوئی ان کا مقصود بھی تھا یا محض دل لگی تھی؟۔۔۔

"کوئی پیام لائے ہوں گے، کوئی بات کہنا چاہتے ہوں گے، یا محض اپنی صورت دکھا کر تمہیں متنبہ کرنا چاہتے ہوں گے۔۔۔ یا کوئی اور منشا ہو گا۔۔۔ کیا معلوم کسی کو!" مولانا نے میرے اعتراض کا۔۔۔ اپنے خیال میں بہت ہی مختتم جواب دیا!!

بحث کچھ اور بڑھتی لیکن پاس کی مسجد سے اذان کی آواز آئی اور مولانا نماز کے لیے اٹھ کھڑے ہوئے۔۔۔

میں اور ایڈیٹر صاحب راستے بھر یہی ذکر کرتے ہوئے آئے۔۔۔ وہ بھی حیران، میں بھی حیران! "کچھ بھی ہو" میں نے کہا "وہ پیر مرد ہیں بہت ہرجائی!"۔۔۔

***